어나더 에피소드S

Another episode S

ⓒ Yukito AYATSUJI 2013

Edited by KADOKAWA SHOTEN

First published in Japan in 2013 by KADOKAWA CORPORATION, Tokyo.

Korean translation rights arranged with KADOKAWA CORPORATION, Tokyo

through TUTTLE-MORI AGENCY, INC., Tokyo in association with Tony International, Seoul.

어나더
에피소드S

아야츠지 유키토 장편소설 **현정수** 옮김

한스미디어

To Dear A. K.

차례

Introduction

1

"들려줄까?"

미사키 메이가 입을 열었다. 왼쪽 눈을 가린 하얀 안대를 가느다란 손끝으로 조용히 쓸어내리면서, 천천히.

"들려줄까, 사카키바라 군? 네가 몰랐던 올여름의 이야기."

"뭐?"

나는 고개를 갸웃거리며 되물었다.

"네가 몰랐던 올여름의, 또 한 명의 '사카키' 이야기……
듣고 싶어?"

미사키초의 인형 갤러리 '요미의 해질녘의, 공허한 푸른 눈동자의'. 그곳의 해질녘 같은 어둑어둑함 속에서 메이는 왠지 모르게 어색하게 미소를 지었다. 말을 꺼내기는 했지만 다소 망설이고 있는 듯 보였다.

"누구에게도 말하지 않는다고 약속하면 들려줄게."

"또 한 명의 사카키라니……?"

"사카키바라는 아니야. 사카키 테루야라는 사람이야."

'사카키'는 賢木, '테루야'는 晃也라고 쓴다고 한다. 사카키 테루야(賢木晃也). 처음 듣는 이름이었다.

"8월에 반 합숙이 있기 전에 내가 일주일 정도 요미야마를 떠나 있었잖아."

"아, 그랬지. 가족과 바다 쪽 별장에 갔었지."

"그때 만났어."

"사카키 테루야를?"

"그 사람이라기보다, 그 사람의 유령을."

"뭐?"

또 나도 모르게 고개를 갸웃거렸다.

"유령이라니…… 저기, 그건……."

"사카키 씨는 올봄에 세상을 떠났어. 죽어버렸어. 그러니까 여름에 내가 만난 것은 그 사람의 유령이야."

"저기, 그 말은……."

"요미야마의 '현상'하고는 관계없어. 3학년 3반에서 되살아나는 '망자' 같은 건 아니야. 그건……."

메이는 잠시 말을 끊고 오른쪽 눈을 천천히 감았다가 뜨더니 다시 입을 열었다.

"그건…… 그래, 유령이었어."

메이의 안대에 가려진 '인형의 눈'에는 '죽음의 색'을 보는 '힘'이 있다고 한다. 그러니까 메이에게는 그것이…….

나는 아무리 생각해도 수상쩍다는 기분이 들어서 시선을 이리저리 돌렸다. '요미의 해질녘의……' 지하층에 있는 전시실의 싸늘하게 가라앉은 공기를 마시면서.

8월의 합숙에서 겪은 그날 밤을 경계로 올해의 '현상'은 멈추었고, 여름방학이 끝나 2학기가 시작되었다. 그리고 계절이 완연히 가을로 바뀌어가던 9월 하순, 학교가 쉬는 네 번째 토요일 오후였다. 합숙 뒤에 받은 폐 수술의 예후를 알아보기 위해 유미가오카에 있는 시립병원에 다녀오던 길.

문득 생각이 나서 오래간만에 이곳에 들러보았던 것이다.

공교롭게도 1층의 갤러리는 휴관이었다. 미사키 가 사람들이 살고 있는 위층의 인터폰을 누를까 말까 망설이다가 결국 그만두고 발을 돌리려던 그때, 겉옷 주머니에 넣어둔 휴대전화가 울렸다.

미사키 메이에게서 걸려온 전화였다.

"사카키바라 군? 지금 갤러리 앞에 있지?"

어떻게 알았냐고 놀라는 나에게 메이는 무뚝뚝하게 "우연히"라고 대답했다.

"그냥 왠지 모르게 신경이 쓰여서 바깥을 봤더니…… 보여서."

"3층 창문에서? 그냥 왠지 모르게?"

나는 황급히 건물을 올려다보았다. 3층에 나란히 나 있는 창문 중 한곳에서 사람의 형체가 흘끗 보였다.

"이건 핸드폰으로 건 거?"

"응, 맞아. 사카키바라 군 번호를 메모해두었거든."

그 합숙 직후에 메이는 휴대전화를 강에 던져버렸다고 했다. 하지만 키리카 씨가 금방 새것을 사줄 거라고 했으니…….

"오늘은 갤러리가 쉬는 날이구나."

"아마네 할머니가 웬일로 몸이 편찮으시거든."

"어이쿠, 그렇구나."

"들렀다 가지 않을래?"

"어? ……괜찮을까?"

"오래간만이잖아, 네가 여기 오는 거. 오늘은 키리카…… 어머니도 외출 중이야. 지금 내려가서 문 열게. 잠깐만 기다려."

2

두 달 만이리라.

기억이 잘못되지 않았다면, 전에 이 갤러리를 방문한 것은 7월 27일. 15년 전에 나를 낳고 얼마 안 있어 세상을 뜬 어머니의 기일이기도 한 그날, 카페 '이노야'로 오라는 테시가와라의 호출을 받고 난 뒤의 일이었다.

메이가 가족과 함께 별장에 간다는 이야기를 들은 것도 분명 그때였다.

— 아버지가 이쪽에 돌아와 계셔.

그렇게 말한 메이는 왠지 어두운 표정이었던 것 같다.

— 그래서 어머니와 셋이 별장에 가 있을 거야. 전혀 내키지 않지만 매년 있는 일이라서 싫다고 할 수도 없어.

별장이라니, 어디에 있어?

— 바다 쪽에. 차로 세 시간쯤 걸려.

요미야마 시 밖이야?

— 물론. 요미야마에는 바다가 없잖아.

'잠깐'이라기보다는 꽤 오랫동안 기다린 뒤에 나는 아무도 없는 '요미의 해질녘의, 공허한 푸른 눈동자의' 관내로 불려 들어갔다.

딸그랑 하는 도어벨 소리와 함께 모습을 드러낸 미사키 메이는 검은 바탕에 군데군데 파란 스티치가 들어간 긴소매 원피스를 입고 있었다. 왼쪽 눈에는 여전히 안대를 하고 있다.

"어서 와."

짧게 말하고 메이는 지하층으로 내려가는 구석의 계단으로 향했다.

그 뒤를 따라가면서 나는 메이가 한 권의 스케치북을 옆구리에 끼고 있는 것을 보았다. 어두운 연두색 표지의 8절지 크기 스케치북이었다.

지하층에 만들어진 움막 같은 전시실. 수많은 인형과 인형의 부품들이 여기저기에 배치된 모습은 두 달 전에 왔을 때와 변함없었다. 다만 전에는 없던 탁자와 의자가 방 한구석에 놓여 있었다. 검은 칠이 된 자그마한 원탁과 붉은 천 재질의 팔걸이의자가 두 개.

"앉아."

메이가 의자를 권했다.

"혹시 여기 말고 다른 곳이 좋을까?"

"아니, 괜찮아."

나는 의자에 앉아서 가슴에 손을 대고 심호흡을 했다.

"이젠 익숙해졌어."

"오늘은 병원에서 돌아오는 길이구나."

"그런 것도 알 수 있어?"

"요전에 말했잖아."

"아, 그랬던가."

덕분에 예후는 지극히 양호하다. 담당의사 말로는 과감하게 외과수술을 했으니 또다시 재발할 위험은 크게 줄었을 것이란다.

원탁을 사이에 두고 의자에 앉은 메이는 가지고 있던 스케치북을 탁자 위에 살짝 놓았다. 빛바랜 연두색 표지. 그 한 구석에 '1997'이라고 작게 적혀 있었다. 나는 그 숫자에 눈길을 주며 "역시"라고 중얼거렸다.

"뭐가 역시야?"

"표지 색깔이 네가 늘 가지고 다니는 스케치북하고 달랐거든. 그건 고동색이었지. 그리고 이 표지에는 1997이라고 적혀 있고."

"의외로 꼼꼼하게 관찰했네."

"작년의 스케치북이란 얘긴가? 그런데 어째서 이런 걸……."

지금 가지고 내려온 것일까?

"사카키바라 군에게 보여줄까 해서."

메이는 희미하게 웃었다.

"무슨 특별한 그림이라도 있어?"

"그렇게 대단한 것은 아니지만."

메이는 훗, 하고 가볍게 숨을 내쉰 뒤에 등을 쭉 펴며 시선을 들어올렸다.

"하지만 약간은 의미가 있었던 게 아닐까 하는 생각도 들어."

약간은 의미가? 무슨 뜻일까?

"저기, 그러면……."

똑바로 바라보는 메이의 시선 때문에 하려던 말을 계속 머뭇대는 나에게 메이는 이야기를 시작했다.

"들려줄까?"

왼쪽 눈의 하얀 안대를 가느다란 손끝으로 조용히 쓸어내리면서, 천천히.

"들려줄까, 사카키바라 군? 네가 몰랐던 올여름의 이야기."

3

사카키 테루야. 또 한 명의 사카키.

메이가 처음 그를 만난 것은 재작년, 1996년 여름이었다고 한다. 당시에 메이는 열세 살. 중학교에 들어가서 맞이한 첫 여름방학, 예년처럼 가족끼리 별장에 갔던 그때.

"아버지의 지인 가족이 그쪽 히나미초에 있는 우리 별장에서 그리 멀지 않은 곳에 살고 있어. 히라쓰카(比良塚) 씨라는 사람인데, 서로 왕래도 있는 편이라 가끔씩 홈파티 같은 식사 모임을 열기도 해."

미사키 가 쪽에서 그런 모임을 열 때는 누가 음식을 준비할까?

아무 상관 없는 의문이 무심코 머릿속에 떠올랐다.

키리카 씨는 요리에 서툴 것이고 메이는 요리를 아예 못하는 거나 마찬가지다. 그러면 아버지가?

정말로 아무 상관 없는 것이었지만, 메이는 마치 이쪽의 속마음을 꿰뚫어본 듯 말했다.

"그 사람…… 우리 아버지는 말이지, 해외에 오래 머물러서인지 그런 모임을 좋아하는 것 같아. 식사는 케이터링 catering, 행사나 파티 등에 필요한 물품과 음식 등을 고객이 원하는 장소로 제공해주는 것이라고 하던가? 대개 그런 걸로 해결해."

그렇구나. 그럴 만도 하다.

"그리고 재작년 여름방학에는 히라쓰카 씨 가족과 함께 사카키 씨도 왔었어. 히라쓰카 씨 부인의 남동생이라고 했어, 사카키 씨는."

메이는 탁자 위 스케치북에 손을 뻗어 표지를 넘기더니 그곳에 끼여 있던 한 장의 사진을 집어들었다.

"이게 그때 찍은 사진이야."

메이는 조용히 나에게 사진을 내밀었다.

"흠흠."

나는 진지하게 끄덕이면서 받아 든 사진으로 시선을 떨어뜨렸다. 5×7 크기의 컬러사진이었다.

별장의 테라스일까.

키리카 씨가 있고, 2년이나 전인데도 이상할 정도로 지금과 다르지 않은 모습의 메이가 있고(다만 안대는 차지 않았다)…… 그 밖에 다섯 명의 남녀가 찍혀 있다.

"안대는? 여기서는 안 찼네."

"어머니가 손님을 초대할 거니까 벗으라고 했거든."

어릴 적에 왼쪽 눈을 잃은 메이의 푸른 눈동자의 의안 '인형의 눈'은 인형 작가인 키리카 씨가 딸을 위해 특별히 만든 것이라고 했다. 그것을 안대로 가리는 것은 키리카 씨 입장에서는 슬픈 일일지도 모른다.

"거기서 맨 오른쪽에 있는 사람이 사카키 씨야. 2년 전 그때는 스물네 살."

"네 아버지는?"

"아버지가 찍은 거라 그 사진에는 없어."

히라쓰카 부부라고 생각되는 연배의 남녀가 있고, 그 두 사람 사이에 가만히 앉아 있는 어린 여자아이가 한 명. 부부와는 조금 거리를 두고 오른쪽 가장자리의 사카키 테루야 옆에 몸집이 작은 남자아이가 한 명.

대부분의 피사체가 카메라를 향해 웃고 있는데 그중에 메이와 사카키, 두 명만이 웃고 있지 않았다.

"사카키 씨 옆에 있는 남자아이는 소우(想) 군이야. 히라쓰카 씨의 부인…… 쓰키호(月穗) 씨라고 하는데, 그 부인의 아들이지. 이때는 초등학교 4학년."

그렇다면 나나 메이보다 세 살 어린 아이란 말인가.

메이만큼은 아니지만 살결이 아주 하얀, 얌전해 보이는 소년이었다. 비록 웃고는 있지만 왠지 모르게 미소가 쓸쓸해 보인다.

"여자애 쪽은?"

"미레이(美礼). 이때는 아직 세 살이던가. 소우 군 여동생인데 아빠가 다른 모양이야."

"그러면……."

"쓰키호 씨는 히라쓰카 씨하고 재혼했어. 미레이는 재혼 후 생긴 아이고, 소우 군은 전남편의 아이지. 소우 군이 태어난 뒤에 사별했대."

으음. 조금 복잡하지만 이해하지 못할 정도는 아니다.

"어쨌든……."

탁자 가장자리에 양 팔꿈치를 짚고 턱을 괴면서 메이는 내 손의 사진을 들여다보았다.

"사카키 씨하고는 이때 처음 만났어. 누가 물어보는 말에는 대답하면서도 자기 쪽에서는 먼저 말을 하려고 하지 않는…… 말수 적고 까다로운 사람이야. 첫인상은 그랬어."

"치비키 씨하고 조금 비슷하네."

"그런가?"

"젊은 시절의 치비키 씨 말고. 치비키 씨는 옛날 사진하고 지금의 느낌이 상당히 다르잖아. 그러니까 지금의 치비키 씨를 그대로 이십대 중반으로 돌려놓았다고 해야 할까. 안경을 쓴다면 더 비슷하게 보일 것 같아."

"……그러려나."

"이 사카키라는 사람은 히라쓰카 가 사람들하고 따로 살고 있었던 거야?"

메이는 "응"이라고 대답하고 내 손에서 도로 사진을 가져갔다.

"사카키 씨는 말이지, 계속 '호반의 저택'에 혼자 살고 있었어."

사진을 원탁 가장자리에 놓고서 메이는 약간 망설임을 보인 뒤에 다시 스케치북에 손을 뻗었다. 그리고 중간쯤의 페이지를 펼치고는 "이거" 하며 나에게 보였다. 그 페이지에 그려져 있는 것은…….

어떤 건물 그림.

연필로 한 스케치였지만 중학생치고 빼어난 실력이라고 생각되었다.

숲의 일부로 보이는 나무들을 배경으로 서 있는 건물은 그림으로 미루어봐선 상당히 크고 훌륭한 집이다. 방금 메이가 말한 호반의 저택일까.

건물 외벽을 나무 판자로 마감한 서양식 2층 건축물. 창문은 대부분 위아래로 여닫는 세로로 길쭉한 창. 맞배지붕이 아니라 두 종류의 굴곡이 합쳐진 형태의 지붕. 지면에 거의 닿아 있는 위치에도 몇 개인가 작은 창문이 늘어서 있고…….

"다음 페이지에도 같은 집을 그린 그림들이 있어."

그 말을 듣고 다음 장의 그림도 보았다.

처음의 그림과는 다른 방향에서 구도를 잡은 그림이었다.

2층 부분의 창문이 다른 곳과는 달리 특징적이었다. 타원형의 아랫부분 절반을 비스듬히 잘라낸 형상을 한 창문이 좌우 대칭으로 두 개. 왠지 모르게 집의 '두 눈동자'처럼 보이기도 했다.

"어쩐지 아미티빌의 그 집 같네."

무의식중에 내뱉은 내 말에 "뭐야, 그건?" 하고 메이가 고개를 갸웃거렸다.

"아미티빌의 저주The Amityville Horror, 스튜어트 로젠버그 감독의 1979년작 영화. 뉴욕 시 외곽 아미티빌의 흉가에서 벌어진 기괴한 이야기를 그렸다라는 영화, 본

적 없어? 거기에 나오는 저택이야."

게다가 아주 전형적인 유령의 집이지만.

"몰라."

메이는 고개를 살짝 갸우뚱한 채로 대답했다.

4

"저기, 이건 작년 여름에?"

그림 오른쪽 아래 구석에 '1997 / 8'이라고 휘갈겨 쓴 글씨를 보며 물었다.

"작년에도 같은 시기에 별장에 가서 그 부근을 산책하다가 이 건물을 발견해서…… 그림으로 가볍게 그려보고 싶었거든."

조용히 스케치북을 덮고 메이는 대답했다.

"그랬는데 우연히도 그곳이 사카키 씨 집이었어."

"작년에도 사카키 씨하고 만났던 거야?"

"몇 번인가."

"그 그림을 그리다가?"

"그것도 있었지만…… 작년에는 처음에, 바닷가에서."

"바닷가? 조금 전에는 호반의 저택이라고 말했지?"

"아, 맞아. 그쪽은 호수……라기보다는 그렇게 크지 않으니 오히려 연못에 가까운 느낌일까."

메이는 오른쪽 눈을 가느다랗게 떴다.

"바다가 있고, 바닷가에서 숲을 지나 한동안 들어가면 연못이 있어. 미나즈키(水無月) 호라는 이름의…… 아, 그러면 역시 호수라고 해야겠네."

유감스럽게도 그 지역에 대해 아는 것이 없는 나는 메이의 설명에도 전혀 감이 잡히지 않았다.

"사카키 씨는 바다 쪽에서 사진을 찍고 있었어. 그게 취미였던 모양이야. 그때는 소우 군이 같이 있었고 나는 혼자서 해변을 산책하고 있었지. 그게 1년 만의 만남이었어. 재작년에 만난 것을 그쪽도 기억하고 있더라."

"흐음, 그때 이야기도 했었구나."

"조금."

어떤 이야기? 라고 물으려다가 그만두었다.

계속해서 이것저것 질문만 해대서 괜히 무안해졌다고 할까, 부끄럽다고 할까. 이제 슬슬 '질문 공세는 싫어'라고 거부당할 것 같은 기분이 들기도 했고.

그런데 메이가 스스로 이렇게 말을 이었던 것이다.

"그때는 사카키 씨 쪽이 '어라, 안대를 하고 있구나'라고 갑자기 말을 걸어와서……."

─메이라고 했던가? 작년에 미사키 씨 별장에서 만났지?

수동카메라를 손에 든 채로 걸어오던 사카키 테루야는 그때 왼쪽 다리를 조금 불편한 듯 절고 있었다고 한다.

다치셨나요? 메이가 물었다.

아니, 그게 말이지⋯⋯. 그는 살짝 고개를 끄덕이고는 이렇게 말했다.

─아주 오래전에 사고를 당했거든.

오래전에 다친 것이 완전히 회복되지 않아서 왼쪽 다리를 절게 되었다고 한다. 사고가 일어난 것은 그가 중학교 때. 반 전체가 타고 있던 버스가 트럭과 충돌해서⋯⋯.

"뭐?"

메이의 이야기에 귀를 기울이고 있던 나는 문득 떠오른 기억에 오싹 몸을 떨었다.

"중학교 때 버스 사고?"

사카키 테루야는 재작년 시점에서 스물네 살. 메이는 그렇게 말했다. 2년 지난 올해는 스물여섯 살. 그렇다면 그가 중학생이었던 것은 지금으로부터 10여 년 전⋯⋯.

"⋯⋯설마."

나는 깊은 숨을 들이쉬고 말을 이었다.

"사카키라는 사람, 혹시 옛날에 요미야마에 살았대? 중학교는 요미키타, 3학년 때는 3반, 그리고 설마⋯⋯."

"'87년도의 참사'지."

메이는 얌전히 끄덕였다.

"나도 그렇게 생각했어. 올해의 '대책' 논의가 시작되고 치비키 씨에게 옛날의 '재앙'에 대해 자세한 이야기를 듣는 동안에 그때 사카키 씨가 했던 이야기가 떠올랐어."

11년 전. 1987년 봄, 수학여행 때 닥친 3학년 3반의 재앙. 반별로 탄 버스가 요미야마를 출발해서 시외의 공항으로 향하던 도중 벌어진 사고. 3반이 탄 버스 맞은편 차선에서 졸음운전을 하던 트럭이 달려와서……

학생들과 담임교사, 합쳐서 일곱 명이 이 참사로 목숨을 잃었다. 사카키 테루야가 왼쪽 다리를 다친 사고란 혹시 그 사고가 아닐까.

"그래서 말이야, 이번 여름에."

메이는 조용한 목소리로 말을 이었다.

"별장에 가면 사카키 씨를 만나보고 그 일에 대해서 확인해보려고 했어. 혹시나 뭔가 조금이라도 도움이 될 만한 이야기를 들을 수 있을지도 모른다는 생각에."

대체 그게 무슨 소리야! 그런 기분으로 나는 메이의 얼굴을 노려보았다. 아무 말도 없이 혼자서 그런…….

하다못해 나에게 한마디라도 해줬더라면……. 아니, 뭐, 이것이 미사키 메이의 미사키 메이다운 부분이란 것은 인정하지만.

여전히 메이는 이럴 때의 내 속마음에는 완전히 무관심한 눈치로 "그런데 말이야"라고 그다음을 이어나갔다.

"그런데 말이야, 찾아가 봤더니 사카키 씨가 죽었다는 거야. 그것도 올봄, 5월 초에…… 그러니까."

짧은 한숨 뒤에 메이는 가볍게 앞머리를 쓸어올리면서 말했다.

"내가 올여름 만난 것은 결국 그 사람의 유령이었던 거야. ……어때? 사카키바라 군. 이 이야기 더 듣고 싶어? 아니면 여러 가지 일이 떠오를 것 같으니 듣지 않는 게 낫겠어?"

"으음……."

나는 살짝 미간을 좁히고 오른쪽 관자놀이를 엄지로 눌렀다. 머릿속 어딘가에서 즈우웅, 즈우우웅, 하고 희미하게 울리는 중저음을 느끼면서…….

"역시 듣고 싶네."

나는 대답했다. 메이는 꾹 하고 입술을 당기며 고개를 끄덕였다. 그리고 이야기하기 시작했다.

"사카키 씨는 올봄에 죽고 말았어. 그런데도 그 시체를 아직 발견하지 못해서…… 그래서 유령이 된 그 사람은 말이지, 자기 시체를 찾고 있었어."

Sketch 1

사람은 죽으면 어떻게 돼?

— 응?

죽으면 저세상에 가는 거야?

글쎄…… 어떻게 되려나.

천국이나 지옥에 가는 거야?

어떻게 되는 걸까? 천국도 지옥도 그저 상상의 세계니까.

그럼 죽으면 정말로 아무것도 남지 않게 돼? 무(無)가 되어 버리는 거야?

……아니, 나는 그건 아니라고 생각해.

그래?

응. 사람은 죽으면 말이지, 분명히…….

1

라이미자키의 등대가 보이는 바닷가에서 그 소녀를 만난 것은 분명 작년 7월 말이었다. 정확한 날짜까지는 기억나지 않는다.

메이라는 이름의 중학생 소녀. 그녀와 만난 것은 그것이 두 번째였다는 것은 기억한다.

첫 번째는 거기서 다시 1년 전, 재작년의…… 8월 초순일 것이다. 누나인 쓰키호의 초대를 받아서 참석했던, 미사키가의 별장에서 열린 저녁식사 모임에서…….

거기서는 한두 마디 인사 정도만 나누었을 뿐이다. 가냘픈 몸매에 아주 뽀얀 피부의 소녀. 차분하면서 조금 쓸쓸해 보이는 것이 그날 밤의 모임을 즐기는 것으로는 보이지 않았다. 그런 기억이 있다.

그때 가장 인상적이었던 것은 푸른빛을 띤 소녀의 왼쪽 눈동자였다. 인형 작가인 소녀의 어머니가 딸을 위해 특별히 만든 의안이라고 했다.

그래서.

그, 어딘지 모르게 신비한 푸른 눈빛이 선명하게 기억에 남아 있어서…….

작년 여름에 재회했을 때 나는 그 애의 왼쪽 눈을 가린 안대를 보고 이렇게 내뱉고 말았던 것이다.

"어라, 안대를 하고 있구나."

이어서 나도 모르게 이런 식으로 덧붙였다.

"아름다운 오드아이인데, 어째서 감추는 거니?"

마침 놀러 와 있었던 조카 소우가 "오드아이가 뭐야?"라고 물었다. 평소와 같은 어조로. 변성기가 오기 전의 맑은 보이 알토로.

"두 눈의 색깔이 다른 것을 오드아이라고 불러."

그렇게 대답해주고서 나는 소녀에게 다가갔다.

"메이라고 했던가? 작년에 미사키 씨 별장에서 만났지?"

"……안녕하세요."

파도 소리에 지워질 것 같은 작은 목소리로 대답한 그녀는 오른쪽 눈의 시선을 나의 다리 쪽으로 향했다.

"다치셨나요?"

"아, 그게 말이지……."

나는 내 왼쪽 다리를 내려다보고는 살짝 끄덕이며 "아주 오래전에 사고를 당했거든"이라고 대답했다.

"작년에는 눈치 못 챘니?"

"아…… 네."

"오래전에 다친 게 완전히 회복되지 않아서 이렇게 왼쪽 다리를 절게 됐어. 통증이 있는 건 아니지만."

그러면서 나는 왼쪽 무릎 위쪽을 가볍게 두드려 보였다.

"끔찍한 사고였어. 중학교 때였지. 반 전체가 탄 버스가 트럭과 충돌해서……."

소녀는 말없이 고개를 갸웃했다.

"반 친구들이 많이 죽었어. 담임선생님도. 나는 그때 살아남았지."

"……."

"사카키 테루야라고 해. 다시 한 번 잘 부탁해."

"……네."

"이쪽은 내 조카 소우야. 아, 알고 있겠지? 우리 누나…… 히라쓰카 쓰키호의 아들인데, 휴일에는 우리 집에 자주 놀러 오거든. 저기, 소우, 나를 잘 따르는 것도 좋지만 학교에서도 친구를 만들라고."

아무런 대답도 하지 않던 소우는 내 뒤쪽에서 주뼛주뼛 나오더니 "안녕하세요"라고 인사했다. 소녀와 마찬가지로 파도 소리에 지워져버릴 것 같은 작은 목소리로.

그 뒤로 잠시 그 애와 두서없는 잡담을 나누었다는 기분이 든다. 내가 취미로 찍고 있는 사진에 대해서라든가, 이 부근 바다에서 가끔씩 보이는 신기루에 대해서라든가……

작년에 그 애와는 그 후로도 몇 번인가 더 만나서 이야기할 기회가 있었지만 자세한 부분은 잘 기억나지 않는다. 차

차 기억날지도 모르고 기억이 안 날지도 모른다. 다만……

어느 대목에선가 분명히 그 애에게 이런 말을 한 기억이 있다.

"너의 그 눈, 그 푸른 눈."

물론 나는 그것이 본래의 안구 대신에 집어넣은 인공 눈임을 알고서 말한 것이다.

"어쩌면 너는 그 눈으로 나와 같은 것을…… 같은 방향을 보고 있는지도 모르겠구나."

그때 그 애는 조금 놀란 듯이 내 얼굴을 똑바로 보며 "어째서"라고 말했다.

"어째서, 그런 말을……"

"글쎄, 어째서일까."

이야기를 꺼낸 나 자신도 당황하면서 애매모호한 대답밖에 하지 못했다. ……그랬다는 생각이 든다.

"어째서일까."

소녀의 이름은 메이. 미사키 메이.

'메이'는 '운다'는 뜻의 한자 명(鳴)을 쓴다고 한다.

명동(鳴動)의 명, 뇌명(雷鳴)의 명일까. 미사키 메이.

나, 사카키 테루야가 죽은 것은 그때로부터 약 아홉 달 뒤의 일이었다.

2

'죽었다'라는 것은 비유가 아니다. '죽은 것이나 마찬가지'라든가 '마음이 죽었다'라는 의미가 아니라……

나는 죽었다.

나는 지금은 '산 자'가 아니라 '죽은 자'다. 이 말에 오류는 없다.

올봄, 5월 초순의 어느 날 나는 확실히 죽은 것이다.

호흡이 멈추고 심장이 멈추고, 뇌 활동이 완전히 정지하고…… 그리고 나는 이런 상태가 되었다. 산 자로서의 실체를 갖지 않은, '나'라는 의식(혼?)뿐인 존재. 이른바 유령으로.

나는 죽었다.

그날은 5월 초, 골든위크의 끝에 다다를 무렵. 날짜는 5월 3일 일요일…… 내 스물여섯 번째 생일이었다.

이날 밤, 시간은 8시 반경. 하늘에는 어슴푸레한 반달이 비치고 있었던 것으로 기억된다.

나는 죽었다.

그 장면, 내가 목숨을 잃었던 바로 그 순간, 혹은 그 직전의 광경을 또렷하게 기억해낼 수 있다. 몇 가지의 소리와 목소리를 동반한 또렷한 '그림'으로서.

장소는 집 안. 1층과 2층을 터놓은 더블하이트 구조의 널찍한 공간에서……

내가 오랫동안 혼자 살았던 호반의 저택의 그 대형 홀이었다. 건물의 현관 쪽 중앙에 위치하며 계단 홀을 겸한 이곳을 나와 쓰키호는 예전부터 '앞쪽홀'이라고 불렀다.

나는 그 앞쪽홀의 검고 딱딱한 바닥에 쓰러져 있었다. 긴소매의 흰 셔츠에 검은색 바지 차림, 어쩐지 중학생이나 고교생 같은 복장으로.

몸은 드러누운 상태. 뒤틀린 각도로 구부러져 뻗어 있는 팔다리들. 움직이려고 해도 이미 꼼짝도 하지 않는다.

얼굴은 옆을 향하고 있다. 팔다리와 마찬가지로 전혀 움직일 수 없다. 목뼈가 어떻게 되어버린 걸까…… 그리고 피가.

머리 어딘가가 깨져서 뿜어져 나온 피가 이마와 뺨을 붉게 물들이고 있다. 바닥에는 서서히 피 웅덩이가 생겨나고 있다. 명백한 참상이다.

그런 '그림'을 나는 숨을 거둘 때 멍하니 뜨고 있던 이 눈으로 보고 있었던 것이다. ……그렇다고는 해도.

상식적으로 생각해보면, 자신의 그런 모습을 자기 눈으로 볼 수 있을 리가 없다. 여기에는 단순한 트릭이 있었다.

그때 내가 본 것은 벽에 붙어 있던 거울이었다.

어른 키만 한 크기의 커다란 사각형 거울이었다.

그 안에 그 그림, 숨이 끊어지기 직전의 내 모습이 비치고 있었다. 뜻하지 않게 그 모습을 숨이 끊어지려는 나의 눈이 포착하고 말았다.

거울에 비친, 피로 더러워진 내 얼굴 표정이 문득 변했다.

뒤틀린 듯 일그러진 채 굳어 있던 표정이 풀리고, 고통에서도 공포나 불안에서도 자유로워진 듯한, 이상할 정도로 평화로운 표정으로. 그리고……

입술이 흐릿하게,

흐릿하게 떨리는 움직임을 보인다. 이것은…….

뭔가 말을 하고 있는 것일까.

그렇다. 뭔가 말을…… 그러나.

대체 이때의 내가 무슨 말을 하려고 했는지, 뭐라고 말했는지 지금의 나는 알 수 없다. 이때 내가 무엇을 느끼고 무엇을 생각하고 있었는지도 알 수 없다. 기억해낼 수 없다.

소리가 들린다.

응접실에 있는 오래된 대형 추시계. 그 종소리가 한 번.

8시 반이었다. 중후한 그 울림에 겹쳐지듯이…….

목소리가 들린다.

작게 소리치는 듯한 누군가의 목소리가.

내 이름을(……테루야……) 부르고 있다. 아아, 이것은.

나는 문득 발견한다.

거울 안에 보이는, 나 자신이 죽어가는 광경. 그 한구석에 비쳐 있는, 목소리를 발한 '누군가'의 모습을. 저것은……

………

………

……여기서 나의 '생전의 기억'은 두절된다. 흔히 말하는 유체이탈 같은 현상은 일어나지 않았지만, 분명 이것이 나의 '죽음의 순간'이었으리라 생각한다.

아직도 생생히 남아 있는 이 '죽음의 기억'의 전후에는 짙은 안개가 낀 듯한 공백이 펼쳐져 있다. 내가 '왜 죽었는가'도 '죽은 뒤에 어떻게 되었는가'도 확실치 않다. 특히 '전후'의 '후' 쪽에 있는 것은 공백이라기보다…… 그렇다, 바닥 모를 어둠이었다.

바닥 모를 공허한…… 사후(死後)의 어둠.

이렇게 해서 나, 사카키 테루야는 죽은 것이다.

그리하여, 그 후로 어째서인지 나는 이러한 존재, 이른바 유령이 되어버렸다.

3

생각해보면 당연한 이야기지만, 유령이라는 것은 아주 불안정한 존재 형태다. 실제로 유령이 되어보니 그것이 뼈저리게 이해되었다.

그날 밤의 죽음 이래 나에게는 제대로 된 시간 감각이 없다. 육체가 없으니 당연히 제대로 된 신체 감각도 없다.

뭔가를 생각할 수는 있지만 그 기반이 되는 기억은 몹시 애매모호. 아니, 이런저런 기억이 띄엄띄엄 끊어져 있어서 그 밀도 차이가 심하다.

연속이 아니라 비연속.

한 덩이가 아닌 조각들⋯⋯

⋯⋯이라고 표현할 수 있을까.

시간도.

지각도.

기억도. ⋯⋯그리고 이 의식도.

그 비연속을, 그 조각들을 간신히 이어 맞추면서 아슬아슬한 균형으로 '나'를 유지하고 있는 듯한. 지금이라도 그 조각들이 산산이 흩어져서 모든 것이 정말로 소멸되어버릴 것만 같은.

그런 위태로움을 바싹바싹 느끼고 있지만 고민하며 괴로워해봤자 소용없다. 지금의 이 상태를 받아들일 수밖에 없다.

어쨌든 나는 죽어 있으니까.

4

눈을 뜬 것은 죽은 지 2주가 지난 뒤였다.

그렇다고 물론 되살아났다는 의미는 아니다. 죽음 직후에 끌려 들어갔던 '어둠'에서 갑자기 해방되어 이곳에 나 자신이 있다는 것을 깨달았다. 그런 의미에서의 각성, '눈을 뜬 것'이었다.

처음에는 뭐가 뭔지 알 수 없었다.

눈을 뜨고 맨 처음에 지각한 것은 낯익은 커다란 거울이었다.

앞쪽홀 벽에 달려 있는 그 커다란 사각 거울. 숨이 끊어져 가던 내 모습을 담담하게 담아냈던 그 거울.

갑자기 그 거울이 보였던 것이다. 바로 일이 미터 앞에. 즉⋯⋯.

나는 그 거울 앞에 있었던 것이다. 나 자신이 그곳에 '서 있다'고 느꼈다. ⋯⋯그런데.

눈앞 거울에는 그런 내 모습 따위 전혀 비치지 않았다. 나 이외의 모든 것은 그대로 비쳐 있는데.

신체 감각은 있었다.

손이 있고 발이 있고, 몸통도 목도 머리도 얼굴도 평소처럼 여기에 있다⋯⋯고 느껴졌다. 나 자신의 눈이나 손으로 직접 보거나 만질 수도 있었다. 옷도 입고 있었다. 긴소매의 흰 셔츠에 검은색 바지. 내가 이 장소에서 죽었던 그날 밤과 같은 옷차림으로……

……그런 모습으로 나는 이곳에 있다.

그렇게 자각할 수 있었다.

그럼에도 불구하고 그 모습은 거울에 비치지 않았다.

대체 어찌 된 일일까?

몹시 당황하고 혼란스러워하던 끝에 이윽고 상황을 제대로 이해할 수 있었다.

나는 여기에 있다.

그런데 그것은 실체가 있는 산 자로서가 아니다. 죽은 자가 되어 이미 육체를 잃은 존재로서 있다.

지금 내가 '여기에 있다'라고 느끼는 이 몸은 실제로는 존재하지 않는다. 이 옷도 그렇다. 이것들은 분명히 전부 나만이 느끼는 '삶의 잔상' 같은 것이고…… 그러니까 요컨대.

어째서인지 나는 이때 이른바 유령으로서 이곳에서 눈을 뜨게 된 듯했다.

나는 거울에서 눈을 돌렸다.

바로 앞 바닥에는 내가 죽었을 때 흘렸던 피의 흔적이 조금도 남아 있지 않았다. 누군가가 닦아낸 것일까.

천천히 주위를 둘러보았다.

현관으로 이어지는 문 옆에 놓인 오래된 대형 추시계. 내가 숨을 거두기 직전에 종소리를 울렸던 그 시계인데, 바늘은 지금 6시 6분에서 멈춰 있다. 움직이지 않는다. 내가 죽은 이후로 아무도 태엽을 감아주지 않았기 때문일까.

2층에 가보았다.

이때 나는 '걸어서' 계단을 오르고 있었지만, 생각하기로는 아마 이것도 '잔상' 같은 감각일 것이다. 걷는 상황에서 생전과 마찬가지로 왼쪽 다리를 조금 저는 느낌이었던 것도 분명히.

계단을 통해 2층에 올라간 후 그대로 회랑처럼 2층까지 뻥 뚫린 더블하이트의 대형 홀 주위를 반 바퀴 정도 걷는다.

2층에는 내 서재나 침실 등이 있다. 오랫동안 거의 쓰이지 않은 빈방도 여럿 있고……. 이런 느낌으로 이 저택에 관한 대강의 정보는 유령이 되고 나서도 여전히 기억에 남아 있는 듯했다.

2층 복도를 걷던 도중 문득.

뻥 뚫린 공간에 접한 쪽에 둘러쳐진 목제 난간이 눈에 띄었다.

난간 일부분이 부서졌던 흔적이.

부러졌거나 쪼개진 것을 새 목재를 대서 수리한 흔적이 있었다. 마무리한 모양을 보아하니 급하게 수리했다는 느낌이 들었다.

그 난간 너머로 1층을 내려다보았다.

딱 이 아래인가. 내가 그날 밤 숨을 거둘 때 쓰러져 있던 장소가…… 그렇다면.

그 직전에 나는 여기서 추락했던 것일까. 그리고 머리를 세게 부딪치고 목뼈가 부러지든가 해서…….

짙은 안개가 낀 듯한 기억의 공백을 조심조심 뒤져보았다. 그랬더니…….

……목소리가(무슨 짓을…… 테루야).

누군가의 목소리가(……그만둬).

몇 개인가의 목소리가(……상관하지 마) (그런 짓은…… 안 돼).

갑자기 되살아날 것 같다가(상관하지 마……) 스윽 하고 사라졌다.

2층의 복도를 나아간다. 그러다가 어떤 방에 들어가본다.

침실이었다.

창문에는 이끼 색 커튼이 처져 있지만 틈새로 비쳐드는 빛으로 실내는 어슴푸레하게 밝다.

세미더블 침대가 하나. 침대 커버가 깔끔하게 씌워져 있다. 오랫동안 아무도 쓰지 않은 듯 보인다.

베드사이드 테이블에 자그마한 시계가 있었다.

건전지식 디지털시계였는데, 앞쪽홀의 시계와 달리 이쪽은 정상으로 작동하고 있다. ……오후 2시 25분. 날짜도 표시되어 있다. 5월 17일 일요일.

이 표시를 보고 간신히 나는 5월 3일 밤에 있었던 나의 죽음으로부터 벌써 2주일의 시간이 지났음을 알았던 것이다.

2주 전의 그날 밤, 이 집에서 대체 무슨 일이 벌어졌던 것일까.

어째서, 어떠한 경위로 그러한 죽음에 이르렀는가.

짙게 끼어 있는 안개는 좀처럼 걷히려 하지 않았다.

내가 죽었던 것은 기억한다. 그렇지만 전후 상황이 잘 떠오르지 않는다. 기억을 상실한 유령이라니 내가 생각해도 참으로 얄궂구나, 라는 기분도 들고…….

나는 왜 죽은 것일까?

절실한 의문에 대답하려고 하는데, 그때.

전파 상태가 나쁜 텔레비전처럼 시야가 지직, 하고 흐트러졌다. 그 순간 문득 떠오른 이미지가 몇 가지 있었다.

베드사이드 테이블 위.

뭔가 들어 있는 병과 잔, 그리고…….

방 가운데 부근.

뭔가 하얀 것이 드리워져서 흔들리고…….

……어?

뭐지? 이건……. 자세히 들여다보려니 그 이미지들은 이미

사라져 있었다.

당황하면서 "대체 뭐지……" 하고 중얼거렸다.

삶의 잔상일 뿐인 나의 목이 발한 그 목소리를 역시 잔상일 뿐인 내 귀가 듣는다. 생전의 내 목에서 나오던 온화한 바리톤과는 비슷하면서도 다른, 듣기 싫게 쉰 듯한, 금이 간 듯한 소리가 들려서 나는 흠칫했다.

자기도 모르게 두 손을 목에 댔다.

잔상일 뿐인 손가락이 잔상일 뿐인 살갗을 건드린다. ……아아, 지금 이 감촉으로는 알 수 없다.

그렇지만…….

"목이……."

나는 다시 중얼거려본다.

목소리는 역시 듣기 싫게 쉰 목소리로 들렸다.

분명히 목이 짓이겨져버린 것이다. 2주 전 내가 죽었을 때에. 2층 복도에서 추락하여 목뼈가 부러지든가 해서…… 그러니까 유령이 되어서도 이렇게…….

암담하게 멈춰 선 나를 향해 공허한 '어둠'이 다시 살금살금 다가온다.

5

유령은 '나온다'라고 표현된다.

이를테면 묘지에.

이를테면 폐허나 폐가에.

사연이 있는 교차로나 터널에. ……그것은 나온다.

'나온다고 느끼는 쪽' 사람들의 입장에서 보기에 기본적으로 유령은 보이지 않고 느껴지지 않는 존재일 것이다. 유령이 어떠한 상황에서 보이거나 느껴지면 사람들은 유령이 '나왔다'라며 놀라고 겁을 먹는다.

언제 어떤 타이밍에 유령이 나오는지 사람들은 보통 올바로 예측할 수 없다. 예측해본다고 해도 왕왕 빗나간다. 그래서 대개는 허를 찔린다. 그렇기에 무섭다. 그런 법이다.

그런데 이렇게 나 자신이 유령이 되어보니 '나오는 쪽'도 사정은 거기서 거기라는 생각이 들었다. 죽은 사람의 영(혼?)이 사후에도 이 세상에 계속 머물러 있는 것은 역시 아주 부자연스러우면서 불안정한 존재 형태인 것이다.

그것은 연속되지 않는다.

확실한 한 덩이가 아니라 조각들의 뭉치로서 간신히 동일성을 유지하고 있다.

그렇기에…….

유령으로서의 나는 24시간 내내 끊임없이 '있는' 것은 아니다. 있는 것이 아니라 역시 '나오는' 것이다.

이렇다 할 법칙성도 없이, 목적도 없고 의미도 없이(······라고 생각된다) 이따금씩 나왔다가 사라진다. 일반적인 유령이 어떤지는 알지 못하고 알 방법도 없지만, 적어도 내 경우에는 그런 느낌이었다.

그다지 올바른 예시라고 할 수 없겠다는 생각이 들긴 하지만, '수면'과 '각성'이라는 말을 사용해서 이해할 수도 있다.

죽어서 유령이 된 나는 보통은 그 공허한 어둠 속에 있으면서 잠들어 있다. 이 어둠은 아마도 이 세상과 저세상의 틈새 같은 것이리라. 그렇게 있다가 나는 이따금씩 눈을 떠서는 이 세상을 헤맨다. 즉 '나오는' 것이다.

나와 있는 동안의 나는 오로지 자신의 죽음에 대해서만 생각한다.

나는 왜 죽었는가.

나는 죽은 뒤에 어떻게 되었는가.

나는······.

기억을 상실한 유령이 품은 절실한 의문들. 거기에 더해서.

그런 나의 전체를 뒤덮듯이 깊은 슬픔의 감정이······.

나는 무엇을 슬퍼하고 있는 것일까.

커다란 의문이, 여기에도.

나는 이제 와서 무엇을 슬퍼하고 있는 것일까.

자신이 죽은 것을?

죽기 전 내 26년간의 인생을?

그게 아니면……

6

5월 17일에 눈을 뜬 이래 나는 이따금씩 이 호반의 저택에 나오게 되었다.

그동안 나는 지금은 아무도 살지 않는 저택 안을 홀로 헤매고 다녔고, 그러는 동안에 흐릿하던 '생전의 나'의 윤곽을 서서히 다시 파악해갔다.

사카키 테루야.

1972년 5월 3일, 요미야마 시에서 태어났다.

남성, 독신, 향년 26세.

그렇다. 이것이 나다.

아버지의 이름은 쇼타로. 사카키 쇼타로.

우수한 의사였으며, 6년 전 중병으로 쓰러져서 돌아가셨다.

내가 스무 살이 되기 직전의 불행한 일이었다. 향년 예순 살.

어머니의 이름은 하나코.

그녀는 아버지보다도 먼저 40대 중반의 젊은 나이로 급서했다. 이것은 지금으로부터 11년 전, 내가 중학생이었던 시절의 일이고……

누나인 쓰키호는 나보다 여덟 살 위다.

첫 남편과 일찍 사별하고 겨우 한 살이었던 아들 소우를 데리고 친가로 돌아온 것도 11년 전이었다. 거기에 어머니의 죽음이 겹치고……. 결과적으로 우리 가족은 요미야마를 떠나게 되었다.

그리고 처음으로 이사한 곳이 이 호반의 저택이었다.

하나미초의 미나즈키 호 부근에 세워진 이 저택은 원래 아버지인 쇼타로가 소유했던 별장이다. 그러니까 11년 전의 그 이사는 말하자면 긴급피난 같은 것이었다. 실제로 그다음 해에는 다른 지역에 새 집을 마련해서 주거지를 옮겼다.

그랬던 이 저택을 내가 상속해서 살 집으로 삼은 것은 아버지가 돌아가시고 한동안 시간이 흐른 뒤의 일이다. 당시에 현내 모 사립대학에 재학 중이던 나는 상속을 계기로 휴학을 결심했고 2년 뒤에는 결국 중퇴했다.

이후로 나는 계속 이곳에서 혼자 살았다. 제대로 된 직업은 한 번도 갖지 않았다. 아버지가 남긴 거액의 유산 덕택에 허락된 방종이었다.

"이곳은 옛날부터 마음에 들었거든."

그렇게 누군가를 향해서 말했던 기억이 있다. 언제 누구를 향해 했던 말일까.

"아버지 역시 이곳을 마음에 들어 하셔서 기회만 있으면 혼자 와서 며칠씩 지내고 가셨던 것 같아."

거슬러 올라가보면 몇 십 년도 전에 어느 외국인 자산가가 모국의 건축양식에 기초해서 지은 집이라고 한다. 그것을 우연히 아버지가 발견했고, 마음에 들어서 구입을 결정했고 한다.

2층의 서재와는 별개로 1층 구석에는 넓은 서고가 있다. 서가를 메운 수천 권(이 넘을지도 모른다)의 책들은 대부분 돌아가신 아버지의 장서였다.

어릴 적에 이 집에 오면 반드시라고 해도 좋을 정도로 나는 이 서고에서 오랜 시간을 보냈다. 다양한 분야의 '어른들 책'이 가득 꽂혀 있는 서고 한구석에는 어린아이가 즐길 수 있는 만화나 소설류도 풍부하게 갖춰져 있었다.

내가 저택의 주인이 된 뒤로는 조카 소우가 이따금 놀러와 예전의 나처럼 서고를 도서관같이 이용했다. 히라쓰카 가에서 여기까지는 자전거로 삼십 분 가까이 걸리니 오는 것이 상당히 귀찮을 텐데도 말이다.

쓰키호가 지금의 남편인 히라쓰카 슈지(比良塚修司)와 재혼한 것은 아버지가 돌아가시기 1년 전이었다. 내가 이곳에서 살기 시작했을 무렵에는 미레이를 임신하고 있었다.

소우는…… 삼촌인 나를 형처럼 따르는 것은 좋았지만 이따금 다소 걱정이 되기도 했다. 어머니인 쓰키호가 재혼하고 아버지가 다른 여동생이 태어나서 분명 마음이 복잡했을 테니까. 얌전하고 내성적이지만 아주 머리가 좋은 아이다. 그런 만큼 더더욱…….

"테루야 삼촌은 계속 여기서 혼자 사는 거야?"

그러고 보니 언젠가 소우가 그렇게 물었던 적이 있다.

"결혼 같은 건 안 해?"

"상대가 없어서 말이야."

그때는 이렇게 반쯤 농담처럼 대답한 기억이 있다.

"혼자 있는 건 편하니까. 이 집도 마음에 들고. 게다가 나는……."

나는……. 그다음 말을 제대로 이을 수 없어서 입을 다물어버렸던 기억이 있다. 소우는 고개를 갸웃거리면서 그런 내 얼굴을 올려다보았다.

7

내 죽음은 세상에 어떻게 받아들여지고 있을까. 아니, 애초에 5월 3일 밤의 내 죽음은 공식적인 사실이 되어 있는 것일까.

5월도 하순에 접어들었을 무렵, 저절로 느끼기 시작한 의문.

내가 죽고 나서 벌써 보름 이상 이 집에는 아무도 사는 사람이 없었을 것이다. 그런데도 집 전체는 죽어 있지 않고 지금도 살아 있는 느낌이었다.

주방에서는 냉장고 작동음이 들린다. 한번은 '나와' 있을 때에 전화벨 소리를 들은 적도 있다.

앞쪽 홀에 놓여 있는 전화기의 벨소리가 들려왔던 그때 나는 마침 2층 서재에 있었다. 신경이 쓰여서 아래층으로 내려와 보았지만, 물론 유령인 내가 전화를 받을 수 있을 리 없었다.

무선 전화기의 본체였다. 자동응답 기능도 있어서 부재중 자동응답 메시지와 삐 소리 뒤에 상대의 목소리가 스피커에서 흘러나왔다.

— 여어, 사카키? 오래간만이네. 잘 지내고 있냐? 나야, 아라이.

아라이…… 아라이? 무슨 한자를 쓰는 아라이지? 아라이(新井)? 아라이(荒井)?

드문드문 끊어진 기억을 더듬으며 어떻게든 기억해냈다. 확실히 옛 동급생 중에 아라이라는 녀석이 있었던 것 같은데…….

소우에게 "친구를 만들어"라고 말했던 주제에 생전의, 특히 최근 수년 동안 나에게는 친구라고 부를 만한 상대가 거의 없었다.

극단적으로 사람 만나길 싫어하는 성격은 아니라고 생각한다. 다만 상대의 관심사나 분위기에 맞추며 이야기를 이어나가는 것이 영 서툴러서, 아무리 노력해도 관계가 오래 지속되지 못해서…….

— 나중에 다시 걸게.

아라이는 그렇게 말을 이었다. 그의 얼굴은 전혀 떠올릴 수 없었다.

— 너, 여전히 유유자적하게 살고 있지? 그런 너에게 잠깐 상담할 일도 있고 해서…… 뭐, 마음이 내키면 연락해줘. 알았지?

생전의 나는 사회적으로는 일단 "다 큰 어른이 일도 하지 않고 무계획적으로 살고 있다"라고 여겨졌던 것이 틀림없다. 옛 일본의 고등유민 일본 개화기에 고등교육을 받았으나 경제적으로 부유해서 일을 하지 않고 독서 등으로 소일하던 사람 같은 생활이라고 하면 상당히 어감이 달라지지만, '유민(遊民)'은 어떨지 몰라도 그것이 '고등(高等)'인지 어떤지는 스스로 보기에도 의문이었다.

이따금씩 취미인 사진촬영을 위해 카메라를 챙기고 차를 타고 훌쩍 떠나기도 했다. 대학을 휴학했을 무렵에는 혼자서 해외로 나가보기도 했다. 동남아시아나 인도, 남미 쪽으로도 한 번씩……. 그러나.

어쩐지 그 전부가 이미 현실감이 희박한 아득한 꿈처럼 느껴진다.

나는 무엇을 얻기 위해 그런 여행을 했던 것일까. 지금의 나에게는 그 무렵의 내 마음이 전혀 짐작되지 않는다.

저택 안 여기저기에 내가 찍은 사진이 걸려 있었다. 여행지에서 찍은 것도 있지만 이 근방에서 찍은 것도 적지 않다. 바다 쪽으로 나가서 우연히 셔터 찬스를 얻은, 진귀한 신기루의 사진도 있었다.

8

2층 서재에 있는 책상 앞 의자에 앉아서(정확히는 앉았다고 생각하면서, 라고 해야겠지만) 생전의 나에 대해 생각에 잠기기도 한다.

커다란 책상 한쪽에는 구형 워드프로세서 전용기가 놓여 있었다. 그렇지만 지금의 나에게는 그것을 켜서 사용할 수 있는 '힘'이 없다.

실체로서의 육체가 없는 유령은 이런 기기의 전원을 켜거나 조작하거나 하는 행동을 할 수 없는 듯했다. 다만 물건을 건드리거나 움직이거나 하는 것이 완전히 불가능한 것만은 아니어서, 예를 들면 책이나 노트를 펼치거나 문을 열거나 하는 행동은 할 수 없는 것도 아니다.

어느 정도에서 선이 그어져 있는지는 불분명하지만, 후자 같은 물리적인 움직임이 '산 자'들의 눈에는 '폴터가이스트 현상_{괴한 소리가 들리거나 물체가 스스로 움직이는 현상. 망자의 혼령에서 비롯된 현상이라고 여겨진다.} 같은 심령현상으로 비쳐지리라. 금세 그런 생각이 들었다.

"이건 무슨 사진?"

그런 질문을 받은 기억이 있다. 언제 누구에게 받은 질문일까.

"오른쪽 끝에 있는 사람이 옛날의 사카키 씨?"

상대는 적어도 소우는 아니다. 나를 사카키 씨라고 부르지는 않으니까.

서재의 책상에 놓여 있는, 나무로 된 소박한 액자. 그곳에 들어 있는 오래된 컬러사진에 대한 질문이었다.

사진은 지금도 그 책상 위에 있었다.

다섯 명의 어린 학생이 찍혀 있다.

남자가 셋에 여자가 둘. 남자 중에 앞에서 봐서 오른쪽 끝에 서 있는 사람이 나였다. 감색 폴로셔츠를 입고 오른손을 허리에 대고 웃는 얼굴을 하고 있다. 왼손에는 갈색 지팡이를 짚고 있고……

촬영 장소는 이 근방으로 보인다. 배경에 호수가 찍혀 있다. 미나즈키 호숫가에서 찍은 기념사진인가.

사진 오른쪽 아래 구석에는 촬영 날짜가 표시되어 있었다. '1987/8/3'이라고 되어 있다. '중학교 마지막 여름방학에'라고 액자 테두리에 손으로 적은 글자가 있다.

1987년이라면…… 그렇다, 지금으로부터 11년 전. 어머니가 급서하고 우리 가족이 요미야마를 떠났던 그해 여름방학……

중학교 3학년. 당시 열다섯 살이었던 나, 사카키 테루야.

다른 네 사람도…… 그렇다, 나하고 같은 반 친구들…….

"추억의 사진이야."

그렇게 나는 질문에 대답했다고 생각한다.

"추억의, 그 여름방학의."

"그렇군요."

상대는 무뚝뚝하게 대답했다.

"사진의 사카키 씨, 아주 즐겁게 웃고 있어요. 지금하고는 딴 사람처럼……."

……그렇게, 여기까지의 기억을 끌어모으고 나서야 간신히 떠올렸다.

그렇구나. 그 소녀인가.

작년 7월 말에 바닷가에서 재회했던 그 오드아이의 소녀. 그녀가 그 뒤에 이 저택에 찾아왔을 때…….

그 소녀의 이름은 메이. 미사키 메이.

'메이'는 한자로 울 명(鳴)자를 쓴다고 했다. ……미사키, 메이.

Sketch 2

어른이 된다는 건 어떤 거야?

─ 응?

어릴 적에 빨리 어른이 되고 싶다고 생각했어?

글쎄…… 어땠을까.

몇 살이 되어야 어른이야?

성인을 말하는 것이라면 스무 살이겠지. 옛날 일본에서는 '겐푸쿠(元服)'라고 해서, 남자는 그보다 더 어린 나이에 성인식을 치렀어. 열두 살쯤에도 했다던가.

시대에 따라서 어른이 되는 나이도 다른 거야?

시대나 나라, 사회에 따라서겠지.

흐음…….

그냥 내 생각을 말하자면, 고교생이 되면 이미 어른이라고 봐. 중학생까지는 어린아이. 의무교육 기간이고, 결혼도 아직

할 수 없고 말이야.

고교생이 되면 결혼도 할 수 있어?

여자는 열여섯, 남자는 열여덟 살부터. 그렇게 정해져 있어.

흐음······.

1

유령은 뭔가에 '들러붙는다'라고 사람들은 말한다.

들러붙는 대상은 특정한 장소이거나 사람, 때로는 물건이 되기도 한다.

예를 들어 유령이 집에 들러붙으면 그 집은 유령의 집이 된다. 사람에게 들러붙은 경우, 요컨대 귀신에 홀린 사람은 최악의 경우에는 그 앙화로 죽게 된다. 요쓰야 괴담_{남편에게 배신}_{당한 여인이 죽은 뒤 원령이 되어 남편에게 복수한다는 일본의 유명한 민담}에서처럼. 소유자에게 불행을 초래한다는 '저주 걸린 보석' 류의 괴담은 물건에 들러붙은 예 중 하나일 것이다.

유령을 제재로 삼은 픽션은 많지만, 어차피 전부 살아 있는 사람들의 상상의 산물에 지나지 않는다. 실제 유령이 어떤지는 아무도 모른다. 알 방법이 없으니까.

그렇지만 실제로 이렇게 유령이 된 나라고 해서 유령 전반에 대해 정확하게 이야기할 수 있는 것은 아니다. 내가 알 수 있는 것은 어디까지나 나 자신의 경우에 한한 것이고…….

……그렇다고 해도.

나는 어째서 이런 모습이 되어버린 걸까.

이 점은 너무나도 신경 쓰인다.

사람이 죽으면 모두 이렇게 되는 것은 아니라고 생각한다.

사람은 죽은 뒤에 어떻게 되는가. 천국이나 지옥 같은 이른바 저세상에 가는 것일까. 아니면 죽음 뒤에 기다리는 것은 원래부터 무(無)뿐인 것일까. 뭐, 이런 커다란 문제는 제쳐두고.

지금의 나처럼 어중간한, 부자연스럽고 불안정한 이 존재 형태가 사후 존재 형태의 기본적인 모습이라고 생각하기는 어렵다. 세상이 그렇게 유령으로 뒤덮여 있다면 큰일일 테니…….

유령이 된 나조차도 그런 생각이 들었다.

어중간한, 부자연스럽고 불안정한 이 상태는 사후의 존재 형태로서 상당히 특수한 경우가 아닐까 하고.

정말이지 나는 어째서…….

나는 어째서 '이런 모습'이 되어버린 것일까.

이 점이 역시 너무나도 신경 쓰인다. 신경 쓰여서 견딜 수가 없다.

내가 이렇게 된 데에는 뭔가 상응하는 까닭, 원인이 있지 않을까. 그런 생각이 강하게 드는 것이었다.

나=사카키 테루야의 유령이 뭔가에 홀려 있다고 한다면…….

그것은 역시 '장소'가 아닐까 하는 기분은 든다. 생전의 주거지이자 내가 목숨을 잃은 장소이기도 한 호반의 저택이 바로 그곳이다. 다만.

그렇다면 내가 나오는 곳이 이 저택만으로 한정되어 있는가 하면, 아무래도 그렇지는 않은 것 같다. 이렇게 이야기하는 이유는…….

5월 27일 밤.

처음으로 호반의 저택 이외의 장소에 나는 나왔던 것이다.

2

……툇마루에 접한 넓은 방 안.

원래는 다다미가 깔린 일본식 방이었던 것을 대폭 개장해서 서양식으로 만든 거실과 주방. 깔려 있는 고급 카펫 위에 검은 칠이 된 다이닝 테이블과 의자가 놓여 있고, 테이블 위에는 음식이 푸짐하게 담긴 접시나 식기가 몇 가지…… 저녁 식탁이었다.

이때 이 자리에는 세 명의 '산 자'가 있었다.

히라쓰카 쓰키호, 즉 나의 누나.

그녀의 두 자녀, 즉 소우와 여동생인 미레이.

식탁을 둘러싸고 앉은 세 사람의 모습이 툇마루 문 유리에 비쳐 있다. 문득 정신이 들고 보니 나는 그 모습을 바라보고 있었다.

약간 당황한 뒤에 아하, 하고 나는 깨달았다. 어떻게 된 영문인지 이번에는 갑자기 호반의 저택이 아닌 이곳에 나와 버렸나 보군, 하고.

'이곳'이란 쓰키호의 가족이 사는 히라쓰카 가다. 같은 히나미초이긴 해도 오래된 동네에 자리 잡고 있어서 별장지 겸 리조트 지역에 세워진 호반의 저택과는 상당히 떨어진 위치에 있다. 그렇지만 생전의 나는 몇 번이나 이 집을 방문한 적이 있다. 이 거실과 주방도 낯이 익다.

그런 이곳, 히라쓰카 가에 어째서인지 그날 밤 갑작스레 나=사카키 테루야의 유령이 나타난 것이다.

유리문이 거울과 같은 역할을 해서 모자 세 사람의 모습이 비쳤다. 다른 사람의 모습은 보이지 않는다. 그럼에도 불구하고.

나는 이곳에 있는 것이었다. 확실하게.

다이닝 테이블 옆에 혼자 있다. 여기서 실내 광경을 바라보고 있다.

세 사람의 얼굴이나 몸짓을 보고 있다.

목소리나 대화를 듣고 있다. ……그런데.

그들은 어느 한 사람도 나의 존재를 깨닫지 못한다. 산자인 그들에게는 기본적으로 죽은 자＝유령의 모습이 보이지 않는 것이다.

벽에 시계가 걸려 있다.

시각은 오후 7시 반. 밖에는 이미 어둠이 내려 있었다.

시계에는 날짜 표시도 있다.

5월 27일, 수요일.

5월 27일…… 아아, 그렇구나. 이 날짜는 확실히.

머릿속에서 천천히 떠오르는 기억이 있었다.

이날은 분명, 쓰키호의…….

"저기요, 엄마."

미레이가 쓰키호를 향해 입을 열었다.

"아빠는? 아빠는요?"

"아빠는 말이지, 일하러 가셨어."

쓰키호가 자상하게 대답한다.

"아빠는 일? 맨날 일이야?"

"중요한 일이거든. 그래서……."

쓰키호가 7년 전에 재혼한 히라쓰카 슈지는 간단히 말하면 지방의 전통 있는 가문 출신 실업가였다. 부동산과 건설업을 기반으로 폭넓은 사업을 전개해온 수완가라고 했다.

나이는 쓰키호와 띠 동갑 정도로 많지만, 그런 그가 어째서 결혼 이력이 있는데다 애까지 딸린 쓰키호 같은 여자를 반려로 맞이했는가. 그 자세한 사정은 내가 관여할 문제는 아니다.

"오늘은 엄마 생일인데."

미레이가 말했다.

올해로 여섯 살이 된다. 초등학교 입학 전의 어린아이지만, 입에서 나오는 말은 깜짝깜짝 놀랄 정도로 날카롭다.

"같이 축하해주지 않는 거예요?"

그렇다. 오늘 5월 27일은 쓰키호의 생일이지…….

"항상 생일 축하는 다 같이 했는데."

미레이가 물고 늘어진다.

"아빠 생일도, 미레이하고 오빠 생일도. 케이크에 초 꽂고서 해피버스데이 투유! 하고."

"그랬지. 하지만 오늘은 일이 있어서 아빠가 오실 수가 없어."

"에엥."

미레이는 몹시 불만스러운 듯했다.

"케이크는? 케이크는?"

"아, 미안해, 미레이. 오늘은 케이크도 못 사왔어."

"에에엥!"

더더욱 불만스러운 몸짓을 하는 미레이.

그 한편에서 소우는 가만히 입을 다물고 있었다. 내가 있는 위치에서는 얼굴이 보이지 않아서 유리문에 비친 녀석의 표정을 엿보았다.

무표정이라고 해야 할까.

패기가 없다는 느낌이기도 하고, 왠지 자신의 껍질 속에 틀어박혀 있는 것처럼도 보이는데······.

"사카키 삼촌은?"

미레이가 쓰키호에게 물었다.

"작년에는 삼촌도 와서 같이 축하해줬잖아."

"아······."

여기서 쓰키호는 살짝 당황하는 모습을 보였다.

"그랬었지. 하지만 삼촌도 오늘은 못 온대. 요전에 또다시 어딘가로 여행을 떠난 모양이야."

어딘가로 여행? ······그럴 리가.

나는 그날 밤에 죽었는데.

죽어서 지금 여기에 있는데. 유령이 되어서 여기에 나와 있는데.

그렇게 호소하고 싶었지만 참았다. 가령 '목소리'를 내서 그렇게 말한다고 해도 그들의 귀에 전해질 리 없으니까.

TV 장식장에 놓여 있는 텔레비전은 켜져 있었다. 여자아이 취향의 판타지 애니메이션이 나오자 이윽고 미레이는 그 방송에 정신이 팔려서 떼를 쓰지 않게 되었다.

소우는 계속 무표정하게 입을 다문 채였다. 음식에도 별로 손을 대지 않는다.

"괜찮니? 소우."

쓰키호가 걱정스러운 듯 물었다.

"이제 그만 먹을 거야?"

"……네."

들릴락 말락 작은 소리로 소우는 대답했다.

"……잘 먹었습니다."

"내일은 학교에 갈 수 있을 것 같니?"

다시 질문을 받자 소우는 말없이 살짝 고개를 저었다.

3

식탁 정리를 마친 쓰키호가 테이블 위에 신문을 펼쳐놓고 읽고 있다.

미레이는 얌전히 텔레비전을 보고 있었다.

소우는 거실 소파에 드러누워 있다. 조금 전부터 다시 입을 열지 않고 표정다운 표정도 없는 채로……

내가 같은 방에 있다는 것을 세 사람은 전혀 깨닫지 못한 눈치다.

설령 지금 여기서 내가 어떻게 행동하더라도 그들의 눈에는 보이지 않고, 내가 무슨 말을 하더라도 그들의 귀에는 들리지 않는다. 당연한 이야기지만, 이런 모습이 되어버린 '나'는 이미 그들에게는 '없는 존재'일 뿐이다.

그건 그렇다고 해도……

쓰키호는 왜 내가 여행을 떠났다고 말한 것일까.

나는 5월 3일 밤, 호반의 저택 앞쪽홀에서 목숨을 잃었다. 2층의 그 복도에서 떨어져 죽은 것이다. 그런데……

쓰키호는 그 사실을 모르는 걸까?

아니, 아니다. 그럴 리가 없다.

쓰키호는 알고 있을 것이다.

그날 밤 내가 그곳에서 죽은 것을 그녀는……(무슨 짓을…… 테루야).

부서진 흔적이 있는 복도의 난간 너머로 1층 바닥을 내려다보았을 때 문득 되살아난 그 기억. 그때 들렸던 몇 개의 목소리(……그만둬) (그럴 수가…… 안 돼).

그것은…… 그렇다, 쓰키호의 목소리였다고 생각한다.

그 말에 대답한 또 하나의 목소리(……상관하지 마)는 아마도 나 자신의 목소리이고.

그러니까 즉…….

5월 3일 밤에 쓰키호는 그 장소에 있었고, 내 죽음을 목격했을 것이다. 그런데 어째서……?

쓰키호뿐만이 아니다.

나는 소파에 드러누운 소우의 곁에 가서 녀석의 얼굴을 들여다보았다.

목격한 사람은 쓰키호만이 아니다.

소우, 너도야. 너도 그때 그 장소에서…….

"……몰라."

소우가 나직하게 중얼거렸다. 어쩐지 마치 내 마음이 전해져서 대답하기라도 한 듯이.

"나는 몰라. 아무것도 몰라. 아무것도……."

"무슨 일이니, 소우?"

쓰키호가 놀란 눈으로 바라보았다.

"왜 그러니? 갑자기 그런 소릴……."

그녀에게는 영문 모를 혼잣말로밖에 들리지 않았을 것이다.

소우는 아무런 대답도 하지 않고 소파에서 몸을 일으켰

다. 그리고 테이블에 다가가서 쓰키호가 펼쳐놓은 신문에 시선을 떨어뜨린다.

사회면에 있는 비교적 큰 헤드라인이 내 눈에도 날아들었다.

요미야마키타 중학교에서 사고 발생
여학생 사망

"음? 뭐냐? 왜 그래?"

쓰키호는 당황하는 눈치였다.

"이거? 이 기사가 왜?"

고개를 갸웃하다가 쓰키호는 "아아" 하고 울적한 듯이 목소리를 흘렸다.

"그러고 보니 요미야마키타 중학교는 테루야가 옛날에 다녔던……."

쓰키호는 소우의 얼굴을 다시 보며 물었다.

"테루야 삼촌한테 뭐 들은 이야기라도 있니?"

그러나 소우는 역시 모호한 태도로 말없이 고개를 흔들 뿐이었다.

4

5월 27일 조간 기사.

요미야마키타 중학교에서 사고 발생,

여학생 사망.

이 헤드라인으로 보도된 사고의 내용은 다음과 같은 것이었다.

발생 시간은 전날, 5월 26일에 실시된 중간고사를 치르던 중이었다. 3학년 여학생인 사쿠라기 유카리가 어머니의 교통사고 소식을 듣고 급히 나가던 중 학교 계단에서 넘어져 크게 다친 끝에 사망에 이르렀다. 어머니 쪽도 같은 날 밤, 실려간 병원에서 숨을 거두었다고 한다.

만일 이 기사를 읽은 쓰키호가, 혹은 소우가 단순히 불행한 사고 보도 이상의 뭔가를 느꼈다고 한다면, 그것은 우선 '요미야마키타 중학교'라는 학교 이름, 그리고 죽은 학생이 3학년이라는 사실, 이 두 가지 때문일 것이다.

쓰키호가 중얼거린 대로 나는 예전에 그 요미야마키타 중학교(약칭 '요미키타')에 다녔다. 11년 전에 가족과 함께 요미야마를 떠났을 당시에 나는 3학년이었고, 3반이었다.

그리고…….

……기억하고 있다.

그 기억은 지금도 남아 있다.

제대로 떠올릴 수 있다.

그 중학교 3학년 3반에 전해지는 비밀. 반의 관계자들에게 내리는 불합리한 재앙.

쓰키호도 그것을 기억하고 있었다. 기사를 다시 읽던 중에 학교 이름을 깨닫고 떠올린 것일까.

그렇다면 소우는?

—테루야 삼촌한테 뭐 들은 이야기라도 있니?

사실 이 물음에 대한 소우의 대답은 "네"였을 것이다. 그렇다. 언제였던가, 내가 그 얘기를 소우에게 해준 적이 있으니까.

놀러 온 소우에게 나의 이런저런 옛날이야기를 들려주던 중에 다소의 망설임을 느끼면서도 나도 모르게…….

"그것 때문에 요미야마에서 이사했던 거야?"

그때 소우는 조금 겁먹은 듯한 얼굴로 이렇게 물었다.

"응, 그랬어."

나는 눈을 내리깔고 대답했다고 생각한다.

"무서웠으니까. 나도, 그리고 아버지도. 그래서 도망쳤어. 요미야마에서 도망쳐서 이곳으로 이사를 온 거야."

5

그날 밤 이후로 나는 이따금씩 호반의 저택 이외의 장소에
도 나오게 되었다.

그곳은 쓰키호의 가족이 사는 히라쓰카 가이거나, 낯익은
그 주변 일대이기도 했다. 호반의 저택 쪽에서도 나오는 곳
은 집 안에 한정되지 않았다. 한낮에 건물에서 밖으로 나와
정원을 거닐어본 적도 있고, 주위 숲이나 미나즈키 호수 부
근에 갑자기 나와버린 적도 있었다.

이러저러하는 동안에 자연스럽게 깨달은 것이 있다.

아무래도 공식적으로는 나=사카키 테루야가 '죽었다'라
고 알려지지 않은 모양이었다.

5월 3일의 내 죽음은 공식적인 사실로 인정되지 않았고,
나는 아직 살아 있으며 쓰키호가 미레이에게 말한 대로 어딘
가로 훌쩍 여행을 떠난 것으로 간주되어 있는 눈치다.

이것은 대체 무엇을 의미하는가.

나는 그날 밤, 확실히 죽었다.

죽어서, 이렇게 유령이 되었다.

그럼에도 불구하고 내가 죽었다는 사실은 세상에 알려지
지 않았다. 그 이유는 무엇일까?

생각할 수 있는 이유는 하나밖에 없지 않은가.

즉……

은폐다.

6

"……그 일은 좀 괜찮은가요?"

히라쓰카 슈지가 물었다.

"……네."

쓰키호가 낮은 목소리로 대답했다.

"지금으로서는…… 아마도요."

"혼자서 여행을 떠난 것으로 되어 있죠?"

"응. 그렇게 말해두고 있어요."

"그 저택 쪽도 괜찮겠죠?"

"광열비는 은행에서 빠져나가니까 당연히 문제가 안 되고…… 전화도 마찬가지고요. 신문은 사정을 이야기해서 그만 넣게 했고……."

"아는 이웃도 없고, 찾아올 만한 친구도 거의 없다고 했죠?"

"……네."

부부의 이런 대화를 들은 것은 6월에 갓 접어든 어느 날,

내가 히라쓰카 가에 나온 밤이었다. 크고 오래된 집의 어둡고 긴 복도를 혼자 걷다가 우연히 두 사람이 이야기하고 있는 방 앞을 지나가게 되었다.

문 너머에서 들려온 목소리에 나는 앗 하고 걸음을 멈추고 귀를 기울였다. 낮말은 새가 듣고 밤말은 쥐가 듣는다더니, 유령도 엿듣는 모양이었다.

"……소우 군 상태는 어때요?"

슈지의 질문이었다. 그는 자기보다 한참 어린 아내에게 이렇게 정중하게 존대말로 대한다.

쓰키호는 짧은 한숨을 쉰 뒤에 "여전해요"라고 말했다.

"거의 방에 틀어박혀 있어요. 불러도 나오지 않을 때도 있고……."

"뭐, 한동안은 어쩔 수 없겠죠."

"다만 그날 밤 일에 대해서는 물어봐도 자기는 모르겠대요. 나는 모른다, 기억하지 못한다, 라고."

"……그런가요."

히라쓰카 슈지는 실업가이지만, 한편으로 옛날에는 의대를 졸업하고 의사 자격도 취득한 특이한 커리어의 소유자였다. 그리고 그쪽 인맥으로 유능한 의사였던 우리 아버지 쇼타로를 만나게 됐고, 그 인연이 쓰키호와의 인연으로 이어진 모양이었다.

"체력적으로 약해진 것은 아니겠죠?"

"……네."

"상황을 봐서 나도 다시 이야기를 해보겠지만, 필요할 경우에는 친하게 지내는 전문의가 있으니까 상담을 받도록 해보죠."

"저 애로서는 역시 너무나 심한 충격이라……."

"당연한 일일 거예요. 하지만…… 여보, 알고 있겠죠?"

"……네. 저도 알아요."

이 '엿듣기'에 의해서 내가 품고 있던 의혹은 확신으로 바뀌었다.

그들은, 적어도 히라쓰카 슈지와 쓰키호 두 사람은 나=사카키 테루야의 죽음을 알면서도 그 사실을 제3자에게 알리지 않으려 하고 있다. 5월 3일 밤의 그 사건을 어떠한 이유로 인해 은폐하려 하고 있다.

7

나=사카키 테루야의 죽음은 은폐되어 있다.

세상의 눈으로부터 은폐되어 있다.

그렇다면 당연히 장례식도 치러지지 않았으며, 시신이 화장되거나 땅에 묻히지도 않았다는 이야기가 된다.

……그렇다면?

여기서 어쩔 수 없이 맞닥뜨리게 되는 문제.

5월 3일 밤 호반의 저택 앞쪽홀에서 절명한 나는 그 뒤에 대체 어떻게 되었는가. 나는, 아니 나의 시체는 그 뒤에 어떻게 처리된 것일까. 어디로 운반되어 있으며 지금 현재 어떠한 상태인가.

그렇게 생각하기 시작하나…….

내가 사후에 이런 모습이 되어버린 이유는 어쩌면 그것에 있는지도 모른다는 생각이 들었다. 죽었지만 장례식도 치러지지 않고, 매장도 되지 못했기 때문이리라.

시체가 지금 어디에 있는가, 어떤 상태에 있는가를 죽은 본인(의 유령)조차 모르고 있다.

……그러니까.

그렇게 특수한 상황이기에 사후의 나는 이렇게 부자연스러우면서 불안정한 존재가 되어 이 세상에 머무르고 있는 것이 아닐까.

……그렇다면.

만약 그렇다면 나는…….

8

"이 호수는 말이지, 절반은 죽어 있어."

그런 이야기를 했던 기억이 난다.

6월도 중순에 접어들었을 무렵, 미나즈키 호숫가에 서서 짙은 초록의 수면을 한동안 바라보고 있으려니 문득.

"이중저(二重底)의 호수라고 하던가. 위하고 아래, 얕은 층과 깊은 층 물의 성분이 서로 다른 거야. 위쪽은 담수(淡水), 아래쪽은 기수(汽水)로."

"기수?"

상대가 가볍게 고개를 갸웃거렸다.

기수란 담수 즉 민물과 바닷물이 섞여서 이루어진 저농도의 소금물이야, 라고 나는 설명을 시작했다.

"소금물 쪽이 무거우니까 아래쪽에 괴어 있었는데, 그대로 오랜 세월이 흐르는 동안에 함유되어 있던 산소가 다 분해돼버렸어. 무산소 상태의 물속에서는 동식물이 살 수 없지. 호수 밑 절반은 생명이 없는 세계야. 그러니까 절반은 죽어 있는 거야."

"절반이 죽어 있다……."

상대가 내 말을 반복했다.

그런 뒤에 그 애는 왼쪽 눈을 가리고 있던 하얀 안대를 천천히 벗었던 것이다. ……그렇다. 상대는 그 미사키 메이라는 소녀였다. 우리들은 같이 이 호숫가에서 수면을 바라보면서 이야기를 나누고 있었다.

"어라?"

소녀의 움직임을 보고 나는 말했다.

"어째서 안대를 벗는 거니?"

"……왠지 모르게."

소녀는 쌀쌀맞게 대답했다.

시원해 보이는 하얀 원피스에 밀짚모자, 발에는 빨간 스니커즈, 어깨에는 자그마한 배낭을 걸치고 스케치북 한 권을 옆구리에 끼고 있다. 그런 소녀의 차림새가 생생하게 되살아난다.

이것은…… 작년 여름방학 무렵.

8월 초의 일이었다고 생각한다. 7월 말에 바닷가에서 만나고, 그 며칠인가 뒤에.

호반의 저택 근처 나무 그늘에서 스케치북을 펼친 채 진을 치고 앉아 있는 그 애의 모습을 소우가 발견하여 나에게 알려주었다. 그 저택이 내가 사는 집이라는 것은 모른 채 근처를 산책하다가 우연히 그 집을 발견하고는 문득 그리고 싶어졌다고 했던가.

이때 마침 호숫가로 나와 있던 내 곁으로 소우가 그녀를 데려오고······.

"그림 그리는 걸 좋아하나 보구나. 학교에선 미술부 같은
데서 활동하니?"

메이는 아무런 대답도 하지 않고 수면 쪽으로 눈길을 주
면서 중얼거렸다.

"바다와 이렇게 가까운 곳에 이런 호수가 있었구나."

"몰랐니?"

"······."

"이 부근에는 호수가 두 개 더 있어. 하나미 3대 호수라고
불리는 꽤 유명한 호수들이야."

내 말에 살짝 고개를 끄덕이면서도 그대로 계속 호수를
바라보는 그 애를 향해 나는 이렇게 말했던 것이다.

"이 호수는 말이지, 절반은 죽어 있어."

9

"바다보다 이쪽이 좋아요."

그때 미사키 메이가 이렇게 말했던 것을 기억한다. ······기
억해냈다.

한여름의 오후. 그렇지만 하늘은 약간 구름이 끼어서 햇

살은 부드러웠고, 호수 쪽에서 불어오는 바람도 서늘했다.

"어째서?"

나는 물었다.

"모처럼 바다 근처에 왔는데, 라는 말을 자주 듣지. 일부러 이런 호수에까지 놀러 오는 사람은 많지 않아. 있는 그대로 말하자면 인기가 없는, 시대에 뒤떨어진 장소라고 할 수 있으니까."

"바다는……."

메이는 오른쪽과 왼쪽, 양쪽 눈꺼풀을 천천히 감았다가 뜨고 말을 이었다.

"바다는 말이죠, 살아 있는 것들이 너무 많아요. 그래서 저는 이쪽이 좋아요."

"……흐음."

그렇다. 그 뒤의 일이었으리라. 잠시 침묵이 흐른 뒤에 내가 이런 말을 꺼낸 것은.

"너의 그 눈, 그 푸른 눈."

안대를 벗은 그녀의, 신비한 푸른빛 의안을 바라보면서.

"어쩌면 너는 그 눈으로 나와 같은 것을…… 같은 방향을 보고 있는지도 모르겠구나."

"어째서?"

이번에는 그녀가 물었다.

"어째서 그런 말을……."

"글쎄, 어째서일까?"

나는 모호한 대답밖에 할 수 없었다.

"어째서일까."

조금 있다가 그녀는 이렇게 대답했다.

"저하고 같다면, 그건 아마도 그리 좋지 않은 일이라고 생각해요."

"왜 그런데?"

내가 다시 묻자 그녀는 푸른 눈동자의 왼쪽 눈을 왼손으로 가만히 덮으면서 조용히 고개를 저었다.

"……왠지 모르게."

미사키 메이.

그녀는 요미야마에 사는 중학교 2학년이라고 했다. 그러니 올해 봄부터는 이미 3학년이 되어 있을 테고…….

다니는 중학교는 어디일까.

문득 그것이 신경 쓰이기 시작했다. 거의 동시에 오싹하고 등줄기가 떨리는 것을 느꼈다. ……유령인 주제에.

그녀가 다니는 학교가 요미야마키타 중학교일 가능성은?

그리고 신문에서 사고사라고 보도된 사쿠라기 유카리라는 여학생이 같은 반일 가능성은? ……

…….

…….

"……제로는 아니지."

듣기 싫게 갈라진 '목소리'로 나는 중얼거렸다.

.

Sketch 3

어른이 되고 싶어? 아니면 되고 싶지 않아?

……양쪽 다 아니야.

양쪽 다?

어린애는 부자유하고, 하지만 어른은 싫고.

싫은 건가?

사람에 따라 다르지만. 내가 좋아하는 어른이라면 얼른 되고 싶어.

흐흠. 하지만 말이야, 어른이 되어봤자 그리 좋은 일은 없어.

그런 거야?

나는 돌아가고 싶어. 어렸을 적으로.

어째서?

…….

어째서 어린아이로 돌아가고 싶어?

……기억해내고 싶기 때문일까?

뭘?

아아, 그건…….

1

6월이 지나고 7월에 접어들었다. 계절이 여름으로 향하며 다양한 것들이 제각각 바뀌어가는 가운데 '나'는 아무것도 바뀌지 않고 있었다.

유령이라는 부자연스럽고 불안정한 존재 형태인 채로 어중간하게 '이 세상'에 계속 머물러 있으며, 이따금씩 이렇게 일정한 주기도 없이, 규칙성도 없이 나온다.

호반의 저택 안이나 그 주변에.

히라쓰카 가의 집 안이나 그 일대에.

그 어느 곳에도 속하지 않는 장소에 나와버린 적도 있다. 어느 비 오는 날 해변의 작은 길가에. 이름도 모르는 적적한 신사의 경내에…….

그러나 내가 그렇게 나타났다 사라졌다 하는 것을 알아챈 사람은 없었다. 누구 한 명도.

대체 어째서 나는 이런 모습이 되어버린 걸까?

이 물음에 대한 답은 이미 알고 있다는 기분이 든다. 확신한다고까지는 말할 수 없지만 아마도 이런 것이 아니었을까.

예를 들면 생전에 누군가에게 원한을 품었다든가, 다하지 못한 어떤 일에 대한 후회나 집착이 있어서가 아닐까 하고 생각했던 것이다. 아무리 기억을 상실한 유령이어도 그런 강한 감정을 품고 있다면 그 사연을 조금은 자각할 수 있지 않을까.

……하지만.

생전에 나는 딱히 누구를 원망하지도 않은 것 같다.

다하지 못한 일이란 것도 특별히 짚이는 것이 없었다. 그렇게 생각한다.

느껴지는 것이라고는 그저 나의 전체를 계속 감싸고 있는, 그저 막연한 슬픔의 감정뿐이고…….

……그러므로.

생각건대 내가 이렇게 된 원인은 '추도받지 못했다'라는 사실에 있을 것이다.

죽었는데도 그 죽음이 사람들에게 알려지지 않았고, 장례도 정식 매장도 이루어지지 않았다. 그뿐만이 아니라 사후의 육체(즉, 시체)가 지금 어디에 어떤 상태로 있는가를 당사자인 나조차 모르고 있다. ……이렇게 아주 불합리한 상황 탓에 나는 이런 모습을 하고 있는 것이리라.

그렇다면······.

2

어딘가에 나와서 그 장소의 누군가와 접촉하려고 시도해 봐도 상대에게 내 존재가 감지되는 일은 없다. 어쩌면 '기척' 정도는 느끼는 사람이 있을지도 모르지만 확실치 않다.

혹시 유령에도 여러 유형이 있는 것일까?

가령 격렬한 원한을 품고 있는 원령이라면 원망하는 상대에게 들러붙어서 그를 죽이려 할지도 모른다. 그런 종류의 유령은 아마도 존재가 감지되기 쉬울 것이다. 즉, 목격되기 쉬운 성질을 가지고 있으리라. ······이렇게 별 소용 없는 생각을 해보기도 한다.

내 경우는 원래부터 종류가 다른 유령일 것이다. 기본적으로는 누구에게도 감지되지 않고, 목격도 되지 않는다. 하물며 특정 상대에게 들러붙거나 앙화로 죽게 만드는 짓도 하지 않고, 할 수도 없다. 언제 어디에서 어떻게 나오더라도 사람들에게 나는 철저하게 '없는 존재'다.

이것은 '그건 원래 그런 것'이라고 받아들일 수밖에 없어서 7월에 접어들 무렵에는 왠지 모르게 포기와 비슷한 심정에 빠져들기 시작했다.

예를 들면, 이른바 폴터가이스트 현상poltergeist, 이유 없이 이상한 소리가 들리거나 물체가 저절로 움직이거나 하는 현상 같은 어떠한 소동을 벌여서 주의를 불러일으켜 볼까 하는 생각도 해보았다. 그러나 그렇게 해본들 나의 의도(사카키 테루야는 죽어서 유령이 되어 여기에 있다!)가 제대로 전해지리라고는 생각되지 않는다. 괜히 혼란스럽게 만들거나 하지 않을까, 라는 생각도 들어서 영 내키지 않았다. 소우나 미레이에 대해서는 물론이고, 내 죽음을 은폐하려고 하는 듯한 쓰키호나 슈지에 대해서도……

지금의 내가 유일하게 할 수 있는 일.

해서 의미가 있는 일…… 그런 일이라면.

나의 시체를 찾는 것, 아닐까.

5월 3일 밤 호반의 저택 앞쪽홀에서 목숨을 잃은 나의 시체. 모두에게 추도받지도 못하고 제대로 매장되지도 못했을 것이 틀림없는 나의 시체.

시체가 지금 어디에 있는가. 어떤 모습이 되어 있는가. 하다못해 그것만이라도 알 수 있다면, 하는 생각이 들었던 것이다.

그 시체를 확인해서 나의 죽음을 군말 없이 인정할 수밖에 없는 형태로서 나 자신을 실감할 수 있다면…….

그렇게만 된다면, 어쩌면.

어쩌면 나는 지금의 이 '형태'에서 해방될 수 있을지도 모른다.

3

그리하여서······.

나는 나올 때마다 '나의 시체 찾기'를 하게 된 것이다.

히라쓰카 가나 그 일대에 있으리라고는 생각되지 않았다. 있다면 역시 호반의 저택이나 그 주변일 가능성이 높다.

그렇게 생각하고 나올 때마다 어쨌든 의식적으로 이곳저곳을 보고 다니기로 했다.

우선은 집 안 구석구석을.

1층 및 2층의 방들. 다락방, 그리고 지하실도. 욕실이나 화장실은 물론이고 창고나 옷장, 다양한 붙박이장도. 뭔가를 물리적으로 움직일 수 있고 없고는 때와 장소에 따라 달라지는 듯했고 그 범위나 정도에도 한계가 있지만, 문이나 서랍 등을 여닫는 것은 어렵지 않게 할 수 있었다.

2층에는 문이 잠겨 있는 방이 몇 개 있었지만, 실체가 되는 육체를 갖지 않은 나에게는 아무런 문제도 없었다. 들어가려고 마음먹으면 들어갈 수 있다. 다락방이나 지하실에도 가보았다. 줄곧 사용되지 않은 오래된 난로 속 같은 곳도 들여다보았다. ……그렇지만.

결국 집 안 어디에서도 내 시체는 찾을 수 없었다.

그다음으로 조사해본 곳은 부지 안, 집 바로 옆에 세워져 있는 차고였다.

유령이 된 이래로 이 차고에는 아직 들어가본 적이 없었다. 겉으로 보기에도 오래되어 보이는 단층의 목조 '오두막'으로, 생전의 나는 이곳을 차고 겸 공구 창고로 사용했다.

차는 그대로 남아 있었다.

그다지 깔끔하게 손질되었다고는 말할 수 없는 하얀 스테이션왜건 한 대. 오토바이나 자전거는 가지고 있지 않다. 예전에 다친 왼쪽 다리 때문에 타는 것은 자동차뿐이었다.

차 문은 잠겨 있지 않았고 키는 차고 안 랙에 걸려 있었다. 생전의 내가 그랬던 그대로.

운전석에 조수석, 뒷좌석, 짐칸…… 그 어디에도 나의 시체는 없었다.

차체 아래며 창고 안 구석구석까지 샅샅이 조사해보았다. 그러나 역시 어디에서도 아무것도 발견하지 못했다.

건물 안에는 없다.

그렇다면 바깥인가. ……그러면 범위는 한없이 넓어진다.

부지 안에 있는 앞뜰과 뒤뜰, 주변 숲, 호수 주변, 땅속이나 호수 아래 있을 수도 있다. 숲을 빠져나가면 그 너머에는 바다도 있다. 생각해보면 그저 망연자실하게 될 뿐이다.

단서라고 부를 수 있는 것은 아무것도 없었다.

요컨대 이것은 '5월 3일 밤에 사카키 테루야가 죽은 뒤 그 장소에서 무슨 일이 일어났는가'에 이어지는 문제인 것이다. 그런데 당사자인 사카키 테루야=나는 유령이 되어서도 그것을 알 수 없다는 이 사태는 역시 부조리하다. 자신의 죽음 전후, 짙은 안개가 낀 듯한 그 '공백'을 원망스럽게 생각하면서……

나는 물음을 반복했다.

애초에 나는 왜 죽은 것인가.

내가 죽은 뒤에 무슨 일이 있었는가.

이 문제가 의문인 채로 남아 있는 이상 내가 할 수 있는 일은 한정되어 있다. 우선 호반의 저택을 중심으로 탐색의 범위를 넓혀보는 것 정도……

하지만 한편으로는 딱히 초조해하지 않아도 괜찮겠다는 기분도 들었다.

어쨌든 내가 죽은 사실에 변함은 없으니까.

지금의 이 상태가 결코 편안하다고는 말할 수 없지만, 가령 내 시체를 발견했다고 해서 그때 뭐가 어떻게 되리라는 확신도 없다. 막연한 상상이라면 가능하지만, 정말로 내가 시체가 발견되길 바라는 것일까. 새삼스레 생각해보니 어쩐지 잘 모르겠다는 기분도 들고…….

……다만.

"사람은 죽으면 어딘가에서 모두와 이어질 수 있지 않을까. 그런 생각을 하기도 해."

아아…… 이건?

이건, 그렇다. 언제였던가, 나 자신이 누군가를 상대로 했던 말이다.

"모두라는 건 누구?"

이런 질문을 듣고 그때 나는 분명 이렇게 대답했던 것으로 기억한다.

"먼저 죽어버린 다른 사람들."

……그런데.

그런데 나는 지금 죽고 나서도 외톨이로 이곳에 있다. 부자연스럽고 불안정한, 의지할 곳 없는 존재로서.

언제까지나 이런 모습으로 계속 있고 싶지는 않다. 그러니 그런 생각이 마음속 어딘가에 있는 것도 확실할 것이다.

4

7월이 중순에 가까워졌을 무렵의 어느 날 마침 내가 앞쪽 홀에 나와 있을 때 전화가 울렸다.

—사카키? 이봐, 집에 없는 거야?

부재중 자동응답 뒤에 스피커에서 흘러나온 것은 낯익은 남자의 목소리였다.

—나야, 아라이. 너, 요즘에 계속 집을 비우고 있냐? 지난 번 메시지는 못 들은 건가?

두 달 전에는 들었다…… 그렇지만.

그 뒤로 몇 번인가 전화를 해봤다는 듯한 말투였다. 두 달 전의 그때는…… 그렇다, 잠깐 할 이야기가 있어서 전화했다고 말했던 것 같은데.

—혹시 장기여행 중이야? 그렇다면 난처하게 됐네. 너, 휴대전화는 안 가지고 있던가? 옛 친구의 SOS 정도는 캐치할 수 있는 마음을 가져줬으면 좋겠는데 말이야.

그런 말을 들어도…… 미안하지만 어쩔 도리가 없다. 게다가 지금의 나는 여전히 이 '옛 친구'의 얼굴조차 떠올릴 수 없다.

—SOS라기보다는 언젠가 그랬던 것처럼 도와달라는 얘 긴데 말이야. 그 왜, 요미키타에서 고락을 함께했던 사이기도

하고…… 응? 안 그래?

어?

요미키타에서 고락을 함께?

'요미키타'란 '요미야마키타'를 말하는 것이리라. 요미야마
키타 중학교, 줄여서 요미키타. 11년 전에 내가 3학년 어느
시기까지 다녔던…….

아라이는 그때의 동급생일까?

요미키타, 그해 3학년 3반의?

— 어쨌든 확인하는 대로 이쪽으로 연락해줘. 부탁한다,
사카키.

전화가 끊어지자 나는 곧바로 2층 서재로 향했다.

옛 친구 아라이…… 어떤 한자를 쓰는 아라이인지도 아직
떠올릴 수 없지만 혹시 모른다는 생각이 들었다.

서재 책상에 놓여 있는 그 액자의…… 1987년 여름방학에
찍은 '추억의 사진'. 그 사진에 있는 사람 중 한 명일지도.

5

시작은 1972년이었다고 한다.

지금으로부터 26년 전, 내가 중학교 3학년이었던 11년 전

시점에서라면 15년 전이 된다.

그해 초에 요미키타의 3학년 3반에서 미사키라는 학생이 죽었다고 한다.

미사키는 누구에게나 사랑받는 인기인이었다. 그런 미사키의 갑작스런 죽음을 도저히 인정하고 싶지 않았던 반의 모든 이들은······.

"미사키는 죽지 않았다, 여전히 살아서 교실 저곳에 앉아 있다······ 그렇게 말하며 모두 미사키가 살아 있다는 양 행동하기 시작했지. 담임선생님도 합세해서 말이야. 그런 행동은 졸업식 날까지 계속 이어졌던 모양이야."

그렇게 나는 과거의 이야기를 소우에게 들려준 적이 있다.

기묘한 일이 벌어진 것은 졸업식 날이었다. 졸업식이 끝난 뒤에 교실에서 찍은 반 전체사진에, 실제로는 그곳에 있을 리 없는 미사키의 모습이 찍혀 있었다고 한다.

"심령사진?"

소우가 고개를 갸웃거렸던 것을 기억한다.

"뭐, 그런 거겠지. 나는 실물을 본 것이 아니지만."

그렇게 대답하고 나는 다음으로 넘어갔다.

"그 일이 계기가 되었다고 전해지고 있어. 그걸 계기로 기묘······하다기보다 무서운 일들이 다음 연도 이후의 3학년 3반에서 일어나기 시작했어."

매년 일어나는 일은 아니다. '있는 해'와 '없는 해'가 있다고 하는데, 있는 해에는 아무도 깨닫지 못하는 사이에 반의 인원이 한 사람 늘어나 있다고 한다. 반에 끼어든 '또 한 사람'이 누구인지는 알 수 없다. 새 학기에 책상과 의자 숫자가 부족해진 것을 보고 인원이 늘었다는 사실만 깨닫는 것이다. 그리고…….

"또 한 사람이 섞여든 해에는 반에 재앙이 내려."

"재앙?"

"재해나 재난 같은 의미야. 요컨대…… 사람이 죽는 거지. 그해의 요미키타 3학년 3반 관계자가 매월……."

사고이거나 병이거나 혹은 자살이거나…… 죽는 경위는 다양하지만 어쨌든 매월 반의 관계자가 적어도 한 명은 죽는다. '관계자'에는 3학년 3반 학생들과 담임교사, 그리고 그들의 가족까지 포함된다. 이것이 졸업식 날까지 이어진다.

"그건……."

소우는 여전히 의아하다는 듯이 고개를 갸웃거렸다.

"그건, 저주?"

"저주라…… 아, 그렇게 말하는 애들도 있었던가. 다만 끼어드는 또 한 사람이 미사키라는 학생의 악령이라는 말은 아니야. '전언'에 의하면 또 한 사람은 과거의 재앙으로 죽은 어떤 사람, '망자(亡者)'인 모양이야. 그 사람이 직접 무슨 나쁜 짓을 하는 것도 아니야. 그러니까 이른바 저주와는 조금 다르지 않을까 해."

"그게……."

소우는 더더욱 의아하다는 듯이 입을 열었다.

"그게 사실이야?"

"내가 너에게 거짓말한 적 있니?"

"하지만……"

"사실이야."

나는 진지한 얼굴로 말했다.

"11년 전 나는 실제로 그 재앙을 경험했어. 요미키타 3학년 3반에서……."

교실의 책상과 의자 숫자가 학생 수와 맞지 않자 올해는 '있는 해'라고 떠들어대는 애들이 있었다. 일단 4월에 한 학생의 할머니가 돌아가셨다. 그렇지만 나이 많은 노인이 병으로 죽은 것이었으므로 이것은 우연한 불행이 아닐까 하고 회의적으로 보는 애들도 많았다. 그런데…….

"5월에 수학여행을 가게 되었는데, 공항으로 가던 버스가 요미야마 시내를 막 벗어나려던 순간 대형사고로……."

나는 그 사고로 입은 상처 자국이 남은 왼쪽 다리를 가리켜 보였다. 소우는 "아……" 하는 소리를 흘렸다. 표정이 의아함에서 두려움으로 바뀌었다.

"그 사고로 같은 반 친구들이 몇 사람이나 죽고 말았어. 같이 탔던 담임선생님도. 다들…… 같은 버스 안에서 피투성이가 되어서…… 끔찍한 사고였지."

한숨을 쉰 나는 천천히 고개를 저었다. 소우는 눈을 크게 뜨고 당장이라도 눈물을 흘릴 듯한 얼굴을 하고 있었다.

"나도 크게 다쳐서 입원했고, 퇴원할 때까지 한 달 정도 걸렸어. 그런데 간신히 학교에 갈 수 있게 되었을 무렵 이번에는 우리 집에 재앙이 닥친 거야. 소우는 그때 겨우 한 살이었으니까 기억 못 하겠지. 그해 6월 중순의 사건……."

어머니 하나코의 죽음.

혼자서 장을 보러 나갔다가 갑자기 쓰러졌고 긴급후송되었을 때는 이미 때가 늦었다고 했다. 사인은 심부전으로 추정되었다. 아버지 쇼타로는 몹시 슬퍼하고 탄식하는 한편, 어머니의 건강 상태가 양호했을 텐데 그렇게 갑작스럽게 죽은 것이 이상하다며 의아해했다.

거기서 나는 그때까지 입을 다물고 있던 3학년 3반의 비밀을 아버지에게 털어놓았다. 남에게 함부로 이야기하면 쓸데없는 화를 부른다고 하는, 반에서 전해지는 계율을 깨고서.

5월의 버스 사고도, 6월의 급사도 모두 3학년 3반의 재앙인지도 모른다. 분명 틀림없을 것이다.

반의 '전언'이 진실이라면 재앙은 아직 끝나지 않았다. 다음 달도 그다음 달도 계속해서…… 졸업식 때까지 매달 반의 관계자가 죽는다. 그 당사자는 나 자신일지도 모르고 어쩌면 내 가족, 아버지일지도 모르고 누나 쓰키호일지도 모른다.

"아버지…… 소우의 할아버지는 의사였는데, 과학에 의지한 일을 하는지라 내 말을 금방 믿어주시지는 않았어. 하지만 내가 필사적으로 호소했지. 게다가 그 버스 사고나 어머니의 급사는 아버지로서도 뭔가 심상치 않다는 것을 느낄 수밖에 없었어……."

"그래서 요미야마에서 이사한 거야?"

눈을 크게 뜬 채로 소우가 물었다.

"응…… 그랬지."

나는 시선을 내리면서 대답했다.

"무서웠거든. 나도, 그리고 아버지도. 그래서 도망쳤어. 요미야마에서 도망쳐서 이곳으로 이사왔던 거야."

내가 전학하고 가족이 요미야마를 떠나면 확실히 재앙으로부터 벗어날 수 있다. 그렇게 생각했던 것이다. 그래서…….

우리 가족은 요미야마의 집을 처분하고 긴급피난하듯이 이 호반의 저택으로 거처를 옮겼다. 7월에 들어선 지 얼마 되지 않았을 때였다.

그 달, 요미키타의 3학년 3반에서는 학생 한 명이 학교 옥상에서 뛰어내려 죽었다.

6

중학교 마지막 여름방학에

액자 테두리에 그렇게 적혀 있는 오래된 컬러사진을, 그 사진이 놓여 있는 서재의 책상 앞에 서서 다시 한 번 바라보면서……

"이건 무슨 사진?"

작년 여름에 이 장소에서 그 소녀, 미사키 메이에게 받은 질문을 떠올렸다.

"오른쪽 끝에 있는 사람이 과거의 사카키 씨?"

호수를 배경으로 늘어서 있는 다섯 사람.

정면에서 봐서 오른쪽 끝에 서서 허리에 한 손을 대고 있는 남자는 틀림없이 나였다. 사진에 표시된 날짜는 1987/8/3. 열다섯 살의 사카키 테루야였다.

"추억의 사진이야."

나는 소녀의 질문에 대답했다.

"추억의, 그 여름방학의."

"그런가요."

그녀는 냉랭하게 응수했다.

"사진의 사카키 씨, 아주 즐겁게 웃고 있어요. 지금과는 딴 사람처럼……."

정말 그럴지도 모른다. 그때 나는 이런 생각을 했었으니까. 어른이 되면 난 이런 웃음을 보이는 일이 거의 없을지도 몰라, 라고.

"사이좋은 친구들하고 함께였으니까."

소녀에게 나는 이렇게 대답했을 것이다.

"모두 중학교 동급생이었어."

……그렇다.

그렇다. 이 사진에 찍혀 있는 사람들은 모두 요미키타의, 그해의 3학년 3반 친구들이고…….

"찍어준 사람은 우리 아버지였어."

묻지도 않았는데 이런 말을 덧붙인 것을 떠올린다.

"할아버지도 있었어?"

옆에서 그런 목소리가 들렸다. 소우였다.

그러고 보니 이날은 웬일로 쓰키호가 소우뿐만 아니라 미레이까지 데리고 놀러 왔었다. 아래층에서 미레이가 엄마한테 달라붙어 장난치는 소리가 들려왔다.

나는 "그래"라고 대답하며 소우 쪽을 돌아보았다.

"이때는 할아버지도 이 집에 살고 계셨고, 소우도 있었어. 아직 아기였을 때지만."

"엄마도 있었어?"

"물론 있었지. 소우를 돌보느라 아주 바쁘지 않았을까? 그 시기에는."

그런 우리의 대화를 소녀는 안대를 차지 않은 오른쪽 눈을 가느다랗게 뜬 채 묵묵히 듣고 있었을 것이다.

7

11년 전 여름방학에 찍은 추억의 사진을 나는 새삼스럽게 바라본다. 나와 함께 나란히 서 있는 네 사람의 얼굴과 옷차림을 눈여겨본다.

남자와 여자가 두 사람씩.

정면에서 봐서 남자 둘이 왼쪽에, 여자 둘이 오른쪽에 서 있다. 오른쪽 끝의 나=사카키 테루야는 여자 둘과는 어느 정도 거리를 두고 서 있다. 왼손에 지팡이를 짚고 있는 것은 사고로부터 석 달 정도 지난 뒤라 아직 다리가 다 낫지 않았기 때문일 것이다.

맨 왼쪽에 서 있는 남자는 키가 크고 홀쭉한 몸매에 화려한 알로하셔츠 차림이 마치 여름 바캉스를 온 듯한 분위기다. 엄지를 세운 오른손을 앞으로 내밀고 씩 웃고 있다.

그 옆에 있는 파란 티셔츠 차림의 남자는 대조적으로 작고 통통한 체구에 성실해 보이는 은테 안경을 쓰고 있다. 팔짱을 끼고서 조금 언짢은 듯이 입술을 오므리고 있다.

이 둘 중 한 사람이 전화를 건 아라이가 아닐까? 그렇다면 어느 쪽이 아라이일까?

나는 두 사람의 얼굴을 빤히 응시한다.

그리고 액자에 두 손을 뻗어서 살짝 들어 올려본다. ……들려 올라왔다. 이 정도의 물건이라면 이 정도로 들어 옮기는 것은 그리 어렵지 않았다.

목소리나 말투에서 받은 인상으로 보면 왼쪽에 있는 알로하셔츠 쪽이겠다는 기분이 든다. 그렇지만…… 아아, 모르겠다. 어느 쪽이 아라이인지도, 아라이가 아닌 쪽의 이름은 무엇인지도 기억나지 않는다.

시선을 두 명의 여자 쪽으로 돌린다.

왼쪽은 하늘색 블라우스에 하얀 타이트스커트. 이 소녀도 몸집이 작고 은테 안경을 끼고 있는데 쇼트커트를 한 작은 얼굴과 잘 어울렸다. V 사인을 하며 미소를 짓고 있지만 어딘지 모르게 긴장이 풀리지 않은 듯한 표정.

오른쪽의 여자는 당시의 나와 비슷한 키였고, 날씬한 체구에 데님 바지와 베이지색 셔츠를 입고 있다. 긴 머리카락이 바람에 나부끼는 것을 누르면서 역시 V 사인을 한 채 긴장을 푼 듯한 미소를……

……아아, 역시 모르겠다.

액자를 제자리에 돌려놓고 책상 앞 의자에 앉았다. 의자에 등을 푹 기댄다.

'사이좋은 친구들'이었을 텐데…… 그런데도 도무지 기억나지 않는다. 네 명의 이름도, 성격도, 어떠한 목소리와 말투였는지도.

……추억의 사진이야.

작년 여름의 그날, 미사키 메이의 질문에 대한 나의 대답이 어쩐지 아주 아득하고 공허하게, '삶의 잔상'에 지나지 않는 귓속에서 울려 퍼졌다.

8

책상 서랍을 열어본 것은 딱히 무슨 생각이 있어서가 아니었다.

의자 등받이에 기대어 있던 중에 문득 눈에 들어와서 정말로 별 생각 없이 손을 뻗어보았던 것이다. 책상 서랍 맨 아래쪽, 가장 깊이가 있는 서랍이었다.

몇 개의 칸막이로 구분된 구획 중 한 곳에 두툼한 노트 몇 권이 쭉 꽂혀 있었다. 노트…… 아니, 그것은 시판되는 일기장이었다. 매년 연말이 가까워지면 서점이나 문방구에서 파는 B5 사이즈의 데스크 다이어리다.

책등을 위로 보이게 해서 책꽂이에 꽂는 것처럼 수납되어 있다. 등에는 'Memories 1992'라는 글자가 인쇄되어 있고…….

……맞다, 기억났다.

나는 매년 이 방에서 이 다이어리에 일기를 써왔다. 마음이 내킬 때나 필요를 느낄 때에 날려 쓰듯 메모를 하는 경우가 많아서 워드프로세서를 켜기보다 손으로 직접 쓰는 게 오히려 편했다.

맨 처음의 한 권은 6년 전. 아버지가 돌아가신 뒤에 내가 이 저택을 상속받고 이사 온 해의 것.

그것이 'Memories 1992'였고, 그다음으로 'Memories 1993' 'Memories 1994' 순으로 늘어서 있다.

이걸 꺼내서 읽을 수 있다면.

그러면 유령이 되어서 잃었거나 희미해져버린 여러 기억을 다소나마 되찾을 수 있겠지…….

나는 서랍을 들여다본다.

먼저 최근의 일기를 찾아야 한다.

내가 죽은 올 5월 3일. 그날 밤을 앞두고 적은 문장이 있다면, 어쩌면 거기서 '왜 나는 죽었는가'에 대한 단서를 찾을 수 있을지도 모른다.

그런데…….

정작 중요한 'Memories 1998'이 서랍에는 없었다.

……어째서?

나는 잠시 혼란에 빠져서 주위를 둘러본다.

책상 위에는? ……없다.

책이나 노트가 꽂혀 있는 벽의 선반, 저곳에는? ……없다.

책상 외의 다른 서랍도 전부 열어보았다. 하지만 1998년의 일기장은 어디에서도 찾을 수 없었다…….

올해는 일기를 쓰지 않았던 걸까? 아니, 그럴 리가 없다. 내용은 기억해낼 수 없을지 몰라도 썼다는 기억은…… 있다. 이 서재에서, 이 책상에서.

—너의 그 눈, 그 푸른 눈.

어째서인지 문득 미나즈키 호 부근에서 그 소녀를 향해 던진 나의 말이 머릿속을 스쳤다.

—어쩌면 너는 그 눈으로 나와 같은 것을…… 같은 방향을 보고 있는지도 모르겠구나.

나와 같은 것?

나와 같은 방향?

그건 대체……

의자에서 일어선 나의 눈앞에 그때 갑자기 나타난 이미지가 몇 가지인가 있었다.

내가 이 저택에 나온 첫날, 2층에 올라가서 침실에 들어가 봤을 때 언뜻 보았던. 이것은……

우선은 그렇다, 베드사이드 테이블 위에.

이번에는 그것이 또렷하게 보였다. 이미지라기보다 '환상'이라고 불러야 할까.

어떤 병과 잔이 하나.

병의 내용물은 위스키나 술 종류일 것이다. 그리고……

그 옆에 뚜껑이 열린 플라스틱 약통이 있다. 창백한 빛깔의 알약 몇 알이 엎질러져 있고…… 그리고.

다른 하나는…… 그렇다, 방 한가운데.

뭔가 하얀 물체가 천장에 늘어뜨려져 있고, 흔들리고 있다. 아아…… 이것은.

이것은 로프인가.

로프 끝에는 딱 사람의 머리가 들어갈 정도 크기의 둥근 고리가 만들어져 있고……

……이것은.

어쩐지, 마치 이것은……

…….

……목소리가(……무슨 짓이야).

누군가의 목소리가(무슨 짓이야…… 테루야).

몇 개인가의 목소리가(…… 그만둬) (……상관하지 마) 또, 들려온다.

한 목소리는 쓰키호의(그럴 수가…… 안 돼).

다른 하나는 나 자신의(……상관하지 마) (나는……더 이상)…….

…….

…….

……죽기 직전의, 내 얼굴.

앞쪽홀의 그 거울에 비친, 피로 더러워진 얼굴.

뒤틀린 듯 일그러진 채 굳어 있던 표정이 풀리고, 고통에서도, 공포나 불안에서도 자유로워진 듯한, 이상할 정도로 평화로운 표정으로…… 그리고.

입술이 흐릿하게 움직인다.

떨리듯이 움직인다.

나는 무슨 말인가를 하고 있다. 숨을 거두기 직전에 마지막 기력을 짜내서 무어라고 말을…… 저 말은? 저 순간 내뱉은 말은 대체······.

나는 무슨 말을 하려고 했던 것일까.

무슨 말을 했던 것일까.

들릴 듯하면서도 들리지 않는다. 보일 듯하면서도 보이지 않는다. 닿을 듯하면서도 닿지 않는다. ······아아, 저 순간 나는 대체 무슨 말을.

달그락, 하는 소리가 나서 환상이 깨졌다.

소리 난 쪽을 보니 액자가 바닥에 떨어져 있다. 내가 나도 모르게 떨어뜨린 것일까.

집어들어서 책상 위에 돌려놓으려는데······.

액자의 뒤쪽 덮개가 떨어져 있다. 떨어진 충격에 덮개의 고정쇠가 헐거워진 모양이었다.

이때 발견했다. 뒤쪽 덮개와 안에 든 사진 사이에 끼워져 있는 한 장의 쪽지를.

무엇일까 하고 그 쪽지를 집어들었다.

사진보다는 작은 메모지에 손으로 쓴 글자가 적혀 있었다. 검은 잉크로, 세로쓰기로 사람의 성씨가, 다섯 명의 성씨가.

맨 오른쪽에 '사카키'라고 적혀 있는 것을 보고 알았다. 사진에 있는 다섯 사람의 성씨가 사진에 서 있는 순서대로 적혀 있다. ······내가 메모한 것이다.

가장 왼쪽에 '新居'라는 두 글자가 보였다.

아아, 이거구나.

아라이라는 친구의 성씨는 新井도 荒井도 아니라, 新居라는 한자를 쓰는구나. 조금 전의 인상대로 사진 맨 왼쪽의 알로하셔츠 남자가 아라이였다.

다른 세 사람의 성도 저절로 눈에 들어왔다.

여자 두 명은 오른쪽부터 '야기사와(矢木沢)'와 '히구치(樋口)', 다른 한 명의 남자는 '미타라이(御手洗)'라는 것을 알았다. 그런데.

다음 순간, 아니 거의 동시에 나는 어쩔 수 없이 깨달을 수밖에 없었다. 깨닫고 깜짝 놀라지 않을 수 없었다.

나열된 성씨들의 조금 아래에 조금 옅은 잉크로 ×표가 되어 있었다.

×표는 두 개였다.

하나는 '야기사와' 아래에, 또 하나는 '아라이' 아래에. 그리고……

각각의 ×표 더 아래에는 그 표시의 의미를 설명하는 말이 작게 적혀 있었다.

'사망'이라고.

Sketch 4

사랑을 한다는 건 어떤 거야?

뭐야? 갑자기 또 그런 소릴.

남을 좋아하게 되는 거?

으음. 남을 아주 좋아하게 되는 것일까. 보통은 남자의 경우에는 여자를, 여자의 경우에는 남자를. 예외도 있는 모양이지만.

예외라니…… 남자가 남자를 아주 좋아하게 되어도 사랑이야?

뭐, 그렇겠지.

해본 적, 있어?

응? 아니, 나는 그런 쪽 취향이…….

사랑을 해본 적 말이야.

아…… 글쎄.

어른이 되면 사랑을 하는 거야?

어른이 아니어도 사랑은 해. 빠른 애들은 꽤 빠르다고.

흐음…… 사랑해본 적 없어? 첫사랑은?

…….

없어?

아니, 그게…… 있었……던 걸까.

사랑은 어떤 느낌이야? 즐거워? 괴로워?

그건…… 아, 아니, 나에겐 그 질문에 대답할 자격이 없을지도 몰라.

어째서?

……기억해낼 수 없기 때문이야.

…….

제대로 기억해낼 수 없어. 그러니까…….

1

'까마귀의 날'이 있다.

이 부근에서는 평소에 까마귀가 그리 많지 않지만, 어떤 날에는 집 주변에 몇 마리에서 몇십 마리씩 모여든다. 녀석들은 지붕이나 정원의 나무에 내려앉아서 가끔씩 연달아 크게 울어댄다. 그런 까마귀들이 두려운 건지 이런 날 다른 산새들은 그 모습과 소리가 눈에 띄게 줄어든다.

이런 날이 한 달에 몇 번 있었는데, 나는 그날을 멋대로 까마귀의 날이라고 불렀다.

어째서 녀석들이 그날에 모여드는 걸까? 어떤 이유나 조건이 있을지도 모르겠지만, 나야 알 수 없는 일이었다.

까마귀라면 대개 불길한 새라고 생각하지만 나는 결코 녀석들이 싫지는 않다.

이 동네에서는 쓰레기봉투를 헤집어댄다고 민폐 덩어리 취급을 받는 모양이지만, 그야 까마귀도 생물이니 먹이가 있는 곳을 노리는 것이 당연하다. 공원 등지에서 어린아이에게 덤벼들어 머리를 쪼거나 한다는 이야기도 들었지만, 이 부근 까마귀들은 그런 고약한 짓은 하지 않는다. 그냥 까악까악 시끄럽게 울 뿐이고, 그렇다고 그 소리가 딱히 기분 나쁘게 들리는 것도 아니다.

그러고 보니……

예전에 한 번, 다친 까마귀를 보살펴준 적이 있다.

정성껏 치료해주고 이불을 깐 골판지 상자에 넣어서 차고에 두었다. 다 나을 때까지 돌봐줄 생각이었는데, 그런 보람도 없이 이내 죽어버렸다. 서로 친해질 시간도, 이름을 붙여줄 만한 시간도 없었다.

시체는 뒤뜰 한구석에 묻었다. 묻은 장소에는 나무토막으로 작은 묘표를 세워주었다.

조금 엉성한 십자가 형태를 한 그 묘표는 지금도 그곳에 남아 있다.

……그러고 보니.

까마귀를 돌봐줬던 일 이후로 나는 몇 번인가 이 저택에서 동물을 키워보았다.

개나 고양이가 아니라 정원에서 잡은 도마뱀이나 개구리, 곤충으로는 사마귀나 귀뚜라미 같은 것도. 포유류로는 유일하게 햄스터를 키웠다. 문조를 한 쌍으로 얻어서 키워본 적도 있다.

문조에 대해서는 어느 날, 새장 안에 가둬두는 것을 견딜 수 없어서 풀어주었던 기억이 있다. 다른 작은 동물들은 모두 그리 오래 살지 못하고 죽어버렸다.

나는 그들의 시체를 맨 처음에 세웠던 까마귀 묘표 옆에 나란히 순서대로 묻어갔다. 묻을 때마다 같은 형태의 조촐한 묘표를 만들어 세우고.

돌이켜볼 때마다 어쩌면 그 무렵의 나는 그렇게 해서 생물의 '죽음'이라는 것을 나 자신의 눈으로 직접 보고, 처리하고, 가까이에서 느끼며 그 의미를 물으려 했는지도 모른다는…… 그런 기분이 든다.

2

어쩌면 지금 내 시체도 땅속에 묻혀 있는지 모른다.

내가 묻은 저 동물들처럼, 예를 들면 이 저택의 정원 어딘가에. 혹은 주위 숲속 어딘가에……?

그렇게 생각하고 우선은 부지 안의 땅바닥을 주의 깊게 살피고 다녔다. 흙을 파내고 다시 메운 듯한 흔적이 없을까 하고. 그러나 명백히 그렇다고 생각되는 장소는 보이지 않고…….

단순히 찾지 못하고 있는 것뿐일 가능성도 부정할 수 없다. 만약 묻힌 장소가 부지 밖 어딘가라면 도저히 내 힘으로는 찾아낼 수 없지만…….

(……여기에)

어딘가에서 문득 목소리가. ……말의 조각이.

(하다못해…… 여기에)

뭘까.

무슨 말일까.

(……이 집에)

깜짝 놀라서 목소리들을 붙들어보려 했다. 그렇지만 그것은 내 '마음의 손' 틈새로 스르르 흘러나가 사라져버리고…….

(……잊어버려)

아아…… 이 목소리는 누구의.

언제의.

(이 집에 대한 것은…… 전부)

알 것 같으면서도 알 수 없는 그 대답.

보일 것 같으면서도 보이지 않는 그 의미.

(……잊어버리렴)

몽롱한 부전감(不全感)에 뒤덮이며 나의 사고는 정지되었다.

3

7월 29일 목요일.

세상의 학교들이 여름방학에 들어간 지 얼마간 지났을 무렵. 이날 오후에 나는 호반의 저택에 나왔다.

여름이 한창인데도 별로 여름답지 않은, 약간 흐린 하늘. 햇살은 탁해져 있고, 바람은 뜨뜻미지근하고…… 그리고…… 그렇다. 이날은 까마귀의 날이었다.

밖에서 들려오는 녀석들의 소리로 알았다. 한 마리에 그치지 않고 많은 까마귀들의 울음소리가 겹쳐지며 울려 퍼졌다.

아아, 까마귀의 날인가, 하며 나는 2층의 서재 창가에서 바깥을 엿보았다. 커튼이 쳐져 있지 않은, 동쪽으로 난 창문.

정원의 나무들을 바라보니 아니나 다를까, 나뭇가지에 까마귀들이 새까맣게 앉아 있었다. 저만큼이면 열 마리는 되지 않을까.

창문 바로 아래, 1층 부분의 지붕이나 처마 위에도 몇 마리 있다. 여기서는 보이지 않지만 틀림없이 2층 지붕 위에도 많이 모여 있을 것이다.

조장(鳥葬)이라는 단어가 문득 떠올랐다.

어느 나라에선가는 죽은 사람을 장사 지낼 때 들에 내놓고 들새들이 살을 쪼아 먹게 해서 백골이 되게 만드는 풍습이 있다고 하던가.

설마라고는 생각하지만, 아직 행방을 알 수 없는 내 시체도 어쩌면 들판 어딘가에 내버려져서 까마귀들의 먹이가 되고 말았다든가…….

그런 식의 유쾌하지 않은 상상에 사로잡히면서 나는 한동안 창가에서 까마귀들을 바라보고 있었다. 그럴 때…….

까마귀의 울음소리와는 이질적인 딱딱한 소리가 들렸다.

뭘까. 어디일까.

다른 창문에서 바깥을 보고 소리의 정체를 알았다.

앞뜰 외곽에 서 있는 커다란 목련나무 아래, 넘어진 자전거를 일으켜 세우고 있는 누군가의 모습이…….

하얀 원피스에 밀짚모자를 쓴 그 차림새를 멀리서도 알아볼 수 있었다. 작년 여름 미나즈키 호숫가에 서서 이야기를 나눴던 그때와 같다…… 저 아이는.

미사키 메이?

그 아이일까.

그렇다면 어째서, 어째서 지금 그 아이가 저곳에?

여름방학이 시작되어서 다시 가족과 함께 별장에 와 있는 걸까. 아마도 그렇겠지만, 그렇다고 해도…….

일으켜 세운 자전거에서 몸을 떼더니 그 애는 모자 챙에 손을 대면서 흘끗 이쪽을 올려다보고, 그런 뒤에 저택의 현관 쪽으로 걷기 시작했다. 목적이 무엇인지는 알 수 없지만, 나=사카키 테루야를 만나러 이곳까지 왔다는 것은 틀림없다.

이윽고.

아래층에서 초인종이 울렸다.

어찌할까 망설인 끝에 나는 현관까지 내려갔다. 그러나 내가 초인종에 응할 수는 없다. 설령 대답을 한들 그 아이에게 나의 '목소리'는 들리지 않을 것이고, 묵묵히 문을 연다면―저절로 문이 열렸는데 안에 아무도 없다면― 오히려 그 애를 몹시 놀라게 만들게 된다.

나는 천천히 문 앞까지 나아가서 도어스코프로 문밖을 보았다. 그러나 그곳에는 이미 아무도 없었다. 포기하고 돌아간 걸까…….

……쫓아가볼까?

그러나…….

그 애를 쫓아가서 뭘 어떡하지?

지금의 내가 뭘 할 수 있지?

결국 나는 아무것도 하지 않고…… 하지 못하고 2층 서재로 돌아왔다.

창문으로 바깥의 눈치를 둘러보았지만 어디에도 사람의 모습은 없었다. 까마귀들은 여전히 여기저기에 앉아 있었고, 마침 창가에 앉아 있던 까마귀 한 마리가 새까만 날개를 크게 펼치며 까아악! 울었다.

4

왠지 모르게 한숨을 쉬면서 나는 서재의 책상으로 향했다. 의자에 앉아서 책상 위의 그 액자를 노려본다.

1987년. 11년 전의 8월 3일. '중학교 마지막 여름방학에'라는 제목이 적힌 추억의 사진…….

사진 속 나 이외의 네 사람은 야기사와, 히구치, 미타라이, 아라이. 그들은…… 그렇다, 내가 요미야마에 살았을 적에 사귄 친구들이다. 요미키타 3학년 3반의 친구들, 그렇다.

11년 전 그 여름, 학교가 방학에 들어간 지 얼마 후 그들은 이 저택에 놀러…… 아니, 피난을 왔었다.

전학하여 요미키타 3학년 3반의 일원에서 벗어나지 않더라도 요미야마 시 밖으로 나오면 '재앙'에서는 벗어날 수 있다. 그런 법칙이 있다고 전해졌으니까, 그러니까…….

그러니까 하다못해 여름방학 중에는 다 같이 이곳에 머무는 게 어떻겠는가.

그렇게 내가 그들을 초청했던 것이다.

그리하여 그들이 찾아왔다.

여름방학이 끝날 때까지 한 달 남짓한 기간을 우리는 이 호반의 저택에서 보냈다. 사정을 아는 아버지는 나를 이해하고 그들의 장기 체류에 협력해주었다.

그 결과…….

여름방학 동안 그들이 재앙을 당하는 일은 없었다. 요미야마에 남아 있던 반의 관계자들 중에서는 8월에도 역시 사망자가 나왔다고 들었지만…….

……여기까지가 어떻게든 찾아낸, 내 11년 전의 기억이었다.

액자 안에 있던 그 메모 용지는 꺼내서 액자 옆에 놓아두었다.

여기에 기록된 우리 다섯 사람의 성씨, 그중 두 사람, 야기사와와 아라이 밑에 '× 사망'이라고 적혀 있는 것은, 생각건대 여름방학이 끝나고 요미야마로 돌아간 9월 이후, 졸업식 이전에 닥친 재앙을 의미하리라.

요미야마로 돌아간 네 명 중에 야기사와하고 아라이는 그 재앙으로 죽어버렸다. 그 정보를 얻은 당시의 내가 메모지에 그 사실을 적은 것이다. 그렇다, 분명 문자 그대로 암담함 심경으로.

……그런데.

그렇다면 그 전화는 무엇일까.

"요미키타에서 고락을 함께"했었다고 말한 그 전화의 주인공, 아라이. 新居라는 한자를 쓰는 아라이. 그는 이미 죽은 인간일 터인데, 그런데 어째서?

그 뒤에 다시 그에게서 전화가 걸려온 일은 없었고, 이 수수께끼는 수수께끼인 채로 남겨지게 되었지만…….

수수께끼라면 책상 서랍에 있는 일기장 중 한 권이 비어 있는 것도 수수께끼였다.

'Memories 1998'은 어디로 사라진 것일까. 뭔가 이유가 있어서 나 자신이 처분한 것일까. 아니면 누군가가 가지고 가버린 것일까.

다시 한숨을 쉬고 천천히 의자에서 엉덩이를 뗐다. 바로 그때…….

"사카키 씨!"

아래층에서 갑자기 사람의 목소리가 들렸다.

"사카키 씨 계세요?"

이건?

이건 그 애…… 미사키 메이의 목소리?

"계시죠? 사카키 씨?"

어째서 그녀가 집 안에 있는 것일까? 포기하고 돌아간 것이 아니었나?

혹시 뒷문으로 들어왔나? 그쪽 문은 그러고 보니 평소에는 잠그지 않을 때가 많았지…… 그쪽으로?

눈치를 보러 가도 괜찮았겠지만 이때는 어째서인지 몹시 망설였다. 아니, 그렇다기보다는 뜻밖의 사태에 당황하고 말았다는 표현이 맞을 것이다.

나는 책상 곁에 멈춰 선 채로 한 걸음도 움직이지 않고 숨을 죽였다. 유령이니까 그럴 필요는 없는데도.

잠시 시간이 흐르고…….

사박사박하는 발소리가 단속적으로 들리기 시작했다. 슬리퍼로 갈아 신고 집 안에 들어온 것일까.

"사카키 씨?"

간간이 부르는 목소리와 함께 발소리는 점점 더 다가온다.

"사카키 씨, 계시죠?"

계단을 올라오고 있다. 이 상태라면 어쩌면 이 서재 안으로…….

"사카키 씨?"

이윽고 가까운 곳에서 목소리가 들렸다.

닫아두었던 문이 바깥쪽 복도를 향해 열렸다. 그리고…….

미사키 메이가 들어왔다.

5

책상은 문을 열고 이 방에 들어와서 바로 왼편의, 구석 쪽
벽을 향해 놓여 있다. 나는 이때 그 앞에 있었다.

들어오자마자 정면 안쪽의 오른쪽 벽에는 커다란 장식 선
반이 있다. 그 위쪽에서 마침 그때 시계가 울렸다.

원래는 돌아가신 아버지가 아끼던 물건으로, 숫자판 아
래 문이 열리고 하얀 올빼미가 튀어나와서 부엉, 하고 시각
을 알린다. 건전지식 비둘……계가 아닌 올빼미 시계. 그것
이 알린 시각은 오후 1시.

이 시계에 주의를 빼앗겼……지, 실내에 발을 들인 미사키 메
이는 멈춰 서서 똑바로 장……선반 쪽을 보았다. 내 쪽은 돌
아보지도 않는다. 당연한……이었다. 나는 유령이고, 살아 있
는 인간의 눈에는 보이지……는 존재니까.

"앗⋯⋯."

갑자기 메이의 입에서 작은 소리가 흘러나왔다.

"⋯⋯인형."

문에서 봐서 오른편 창문을 향해 비스듬히 두어 걸음 앞으로 나아간다. 안쪽에 있는 장식 선반을 정면으로 바라보려는 움직임이었다.

그녀가 중얼거린 대로 장식 선반 한가운데에는 '인형'이 하나 놓여 있다. 키가 50센티 정도 되는, 검은 드레스를 입은 소녀인형이.

"저건⋯⋯."

미사키 메이의 입에서 다시 목소리가 흘러나온다. 아무래도 저 애는 저 인형에 아주 관심이 많은 듯한데⋯⋯.

⋯⋯다음 찰나.

두 가지 일이 거의 동시에 일어났다.

하나는 미사키 메이의 움직임.

후우, 하는 짧은 한숨과 함께 왼쪽 눈을 가리고 있던 안대를 벗었던 것이다.

다른 하나는 창밖에서 일어났다.

갑자기 불어닥친 강풍이 동쪽으로 난 창유리를 세게 흔들었다. 그리고 흔들림을 깨달을 겨를도 없이 그 밖에서 까마귀 울음소리가.

까악, 까아아악! 수많은 울음소리가 겹쳐지고, 울음소리에 뒤섞여 많은 새들이 펄럭이는 소리가 났다. 이쪽저쪽에 앉아 있던 까마귀들이 일제히 날아오른 것이다.

검은 날개를 펼치고 창밖을 가로질러 가는 녀석들의 모습이 내가 있는 위치에서도 보였다. 창문 가까이에 있던 미사키 메이에게는 더욱 또렷하게 보였을 것이 틀림없다. 그리고…….

이 두 가지 일이 벌어진 직후였다.

미사키 메이가 깜짝 놀란 듯 이쪽을 돌아봤다.

책상 앞, 내가 있는 쪽으로 똑바로 시선을 던지며 이상하다는 듯이 고개를 갸웃거렸다. 벗어서 왼손에 쥐고 있는 안대가 흙 같은 것으로 상당히 더러워져 있는 것을 그제야 나는 깨달았다.

"어째서."

메이의 입술이 흐릿하게 움직였다.

"어째서 그런 곳에."

혼잣말이 아니었다. 눈앞에 있는 상대를 향한 물음으로밖에 들리지 않았다.

나는 자기도 모르게 "어?" 하고 목소리를 내버렸다.

"보이는 거니? 너에게는, 내가…….

"보이는데…….

그녀는 오른쪽 눈을 살짝 감았다. 왼쪽 눈에는 푸른 의안의 차가운 빛이.

"……어째서?"

이번에는 내가 물었다.

"어째서 보이는 거지? 이 목소리도 너에게는 들리는 거구나?"

"들리는데……."

"유령인데, 나는."

"……유령."

미사키 메이는 다시 고개를 갸웃거렸다.

"나는 죽은 사카키 테루야의 유령인데, 이제까지 아무도 내 모습을 보거나 목소리를 들은 사람은 없었어."

"죽었다……."

그녀는 계속 고개를 갸웃하며 이쪽으로 한 걸음 다가왔다.

"사카키 씨…… 죽은 거예요?"

"죽었어, 나는."

듣기 싫게 갈라진 목소리로 나는 대답했다.

"정말로?"

질문받은 나는 "정말이야"라고 강한 어조로 말했다.

"공식적으로는 내가 여행을 떠났다고 되어 있는 모양인데, 사실은 5월 초에 죽었어. 이 집 1층 홀에서 말이야. 그리고 그 뒤에 나는 이런 형태가, 이른바 유령이 되어버려서……."

누구에게도 존재가 인식되지 못하고, 당연하게 누구와 이야기하지도 못하고…… 죽은 뒤 지금에 이르기까지 부자연스럽고 불안정한, 그리고 고독한 시간을 보내왔던 것이다.

"……나의 이 모습은 누구에게도 보이지 않을 텐데. 그런데 어째서 너에게는 내가 보이는 거지? 어째서 내 목소리가 들리는 거지?"

"그건……."

뭔가 말을 하려다가 입을 다물고 소녀는 잠시 내 쪽을 빤히 바라보았다.

그런 뒤에 천천히 오른손을 들어서 자신의 오른쪽 눈을 손바닥으로 가린다. 남아 있는 왼쪽 눈, 시력이 없을 그 푸르고 공허한 눈동자만을 한동안 깜빡임 한 번 없이 내 쪽으로 향하고…….

─너의 그 눈, 그 푸른 눈.

작년 여름의 그날, 나 자신이 했던 말이 서서히 가슴에 되살아났다.

─어쩌면 너는 그 눈으로 나와 같은 것을…….

어째서 그때 나는 그런 말을 했던 걸까. 나와 같은 것, 나와 같은 방향…… 아아, 그것은.

그것은? 그렇게 되풀이한 자문에 대답하듯 요사스럽고

불온한 술렁거림을 동반하면서 배어나온 한 단어가 있었다.

　그것은…….

'죽음'이다.

6

　"사카키 씨는 왜 죽었어요?"

　오른쪽 눈을 가린 손을 후우, 하는 한숨과 함께 내리고서
미사키 메이가 물었다.

　"1층 홀에서라면, 사고를 당했나요?"

　"잘 모르겠어, 나로서도."

　나는 정직하게 대답했다.

　"죽었을 때의 장면은 기억하고 있는데, 그 전후 기억은 명
확하지 않아. 죽은 뒤 내 시체가 어떻게 처리되었는지, 지금
어디에 있는지도 모르겠고."

　"장례식은요? 묘는?"

　"그러니까…… 아무래도 장례식은 치러지지 않은 것 같고,
묘에 매장되지도 않은 모양이야."

　"……."

　"그래서 나는 이런 형태가 되어버린 거라고 생각해. 그러니

까 분명히……."

강한 바람이 다시 창유리를 흔들었다. 바깥을 보니 어쩐지 하늘의 상태가 영 수상하다. 이제 곧 한바탕 비가 퍼부을지도 모른다.

마주 보고 서 있는 미사키 메이의 얼굴을 다시 본다.

내가 유령이라는 것을 알고도 메이는 특별히 무서워하는 기미도 없고, 그저 조금 난처하다는 듯 오른쪽 눈을 깜빡이고 있었다. 쓰고 있던 모자를 벗고 자그마한 입술을 꾹 하고 당긴다.

잠시 후 "저가……"라고 그 아이가 입을 연 것과 내가 "그 것보다 말이야"라고 입을 연 것은 거의 동시였다.

"그것보다…… 뭐가요?"

메이가 나에게 먼저 재촉했다.

"그것보다 말이야……."

나는 과감하게 말했다.

"너의 그, 왼쪽 눈."

"네?"

"혹시 그 눈은 뭔가 특별한 힘이 있는 거야?"

"왜 그렇게 생각해요?"

"그도 그럴 것이……."

나는 생각나는 대로 대답했다.

"평범한 사람에게는 내 모습이 보이지 않고 목소리도 들리지 않거든. 그런데 너에게는 보이는 거잖아. 그건 혹시 그 왼쪽 눈 때문인 것이······."

"그렇게 생각해요?"

"응. 조금 전에도 그 안대를 벗자마자, 였잖아? 안대를 벗고 왼쪽 눈이 드러나자마자 내가 이곳에 있다는 걸 알았어. 내 모습이 보였던 거지. 그러니까······."

"으음······."

손에 든 모자의 챙을 가느다란 턱 끝에 대면서 그녀는 말했다.

"확실히 뭐, 그랬을지도요. ······신경 쓰여요?"

"그야 당연히······."

"으음······."

메이는 오른쪽 뺨을 살며시 부풀린다. 희미하게 요염한 미소가 떠오른 듯 보이기도 했다. 그리고 입을 열었다.

"저는 조금 특이하거든요. 특히 이 '인형의 눈'이. 보통 사람하고는 달라서······ 설명하더라도 대개는 믿어주지 않지만."

"역시······."

─어쩌면 너는 그 눈으로 나와 같은 것을······.

······같은 것을.

같은 방향을.

"안대는 왜 그렇게 더러워졌니?"

"조금 전에 어쩌다 보니……."

겸연쩍은 듯이 그녀는 입술을 삐죽 내밀었다. 그런 뒤에 갑자기 안쪽의 장식 선반을 가리키며 물었다.

"저건?"

"응?"

"저 인형. 작년에 왔을 때는 없었어요."

메이는 척척 장식 선반으로 다가간다. 검은 드레스 차림 인형의 작고 하얀 얼굴에 자기 얼굴을 가까이 가져간다.

"작년 말에 소아비초 쪽에서 인형 전시회가 있어서……."

나는 어떻게든 그 기억을 찾아냈다.

"……아주 마음에 들었거든. 그래서."

"그렇구나. 샀군요, 사카키 씨가."

"그래."

"키리카 씨의 인형이라는 걸 알고?"

"키리카…… 아, 맞다."

그랬다. 기억해냈다.

"너희 어머니 작품이지? 별장에 놓아둔 것도 구경했었고…… 그래서 그 전시회에서 발견하고는 꼭 갖고 싶었어."

"……흐음."

가볍게 고개를 끄덕인 뒤에 그녀는 이쪽을 돌아보고 "하지만……"이라며 고개를 비스듬히 기울였다.

"하지만 사카키 씨는 죽어버린 거죠? 5월 초에, 1층의 저 커다란 홀에서?"

쓰윽 하고 가늘어진 오른쪽 눈과 푸른 눈동자의 왼쪽 눈, 그 두 눈이 망설임 없이 나를 향한다.

"아마도 2층 복도에서 떨어져 목이 부러졌든가 했을 거야."

나는 저도 모르게 대답하고 있었다.

"복도의 난간에 부서진 흔적이 있었어. 그러니까 아마도 그곳에서……."

"어떤 상황에서 떨어졌는지는 기억나요?"

그런 질문을 받았지만 나는 천천히 고개를 저었다.

"그건…… 잘 기억나지가 않아."

"기억을 상실한 유령이라……."

미사키 메이의 중얼거림에 겹쳐지듯 강한 바람이 또다시 창유리를 흔들었다. 저 멀리서 낮게, 천둥 같은 소리가 울렸다.

"……듣고 싶어요."

그러더니 갑자기 그녀는 두 걸음, 세 걸음, 이쪽으로 척척 걸어왔다.

나는 허둥지둥하며(유령인 주제에) "뭐어?"라는 목소리를 흘렸다.

"기억하고 있는 사실이나 떠올린 기억도 있겠죠? 그 범위에서라도 괜찮으니 자세한 이야기를 듣고 싶네요. 이야기해 줘요."

"아…… 그, 그래."

허둥지둥하며 끄덕이고, 그 뒤로 나는 많은 이야기를 털어놓았다. 죽고 유령이 된 이후의 이런저런 일들을 전부……
마치 봇물이 터진 것처럼.

그건 분명히…… 그렇다. 분명 내가 이 석 달 동안 계속 고독했고 계속 외로웠기 때문일 것이라고 생각한다.

Interlude

"······이게 올여름에 있었던 사카키 씨 유령과의 만남이야. 이날은 오랜 시간을 들여서 자세한 이야기를 들려주었어."

"유령하고 계속 단둘이 마주 보며 대화를?"

"그래. 이야기가 끝날 무렵에는 비가 내리기 시작했어. 돌아갈 때 집에 있는 우산을 들고 가라고 했지만 사양했어. 비는 싫지 않거든."

"으음, 그건 그렇다고 해도······."

"신경 쓰이는 게 많아?"

"그야 물론이지. 애초에 유령이라니······."

"사카키바라 군은 유령의 존재를 안 믿어?"

"그건······."

"믿고 싶지 않은 거야?"

"믿고 싶다, 믿고 싶지 않다의 문제가 아니라····· 아, 하지만 너는 저번 합숙 때 분명……."

"호러 소설이나 영화에는 유령이 자주 나오잖아? 실제로 봤다든가 만났다든가 하는 이야기도 산더미처럼 있잖아?"

"그야 그렇지…… 아, 하지만 소설이나 영화는 어디까지나 픽션이잖아. 실화라고 나오는 이야기들도 대부분은 꾸며 낸 거고."

"하지만 말이야, 내가 그 사람과 만난 것은 사실이야."

"으음, '기억을 상실한 유령'이란 것도 희귀한 경우라고 해야 할지, 뭐라 해야 할지. 실제로 거의 들어본 적이 없는 이야기야."

"그래?"

"소설이나 영화라면 '유령 탐정물' 같은 장르가 있긴 하지만…… 그렇지만 어디까지나 픽션이잖아. 살인사건 피해자가 유령이 되어서 자신을 죽인 범인이나 사건의 진상을 밝혀내려 한다는 이야기. 영화 〈사랑과 영혼〉 같은 것도 큰 줄기로 보면 그런 류의 이야기고."

"……안 봤어."

"단순히 유령이라고 묶어서 부르고 있지만, 유령도 사실은 다양한 종류가 있어. 일본 유령과 외국 유령은 상당히 다르고 말이야. 일본의 고전적인 유령은 '한스럽구나, 저주하고 말겠다!' 하고 나오는 스타일이지. 다리가 없는 유령도 있고…… 있었어? 미사키가 만난 유령에게는."

"다리?"

"응."

"있었어. 두 개 다 멀쩡히. 공중에 떠 있지도 않았어."

"물리적인 행동이 가능한지 어떤지 하는 점도 유령에 따라 다르지. 영적인 존재니까 물체는 건드릴 수 없으며 문이든 벽이든 어디라도 통과할 수 있다는 '유령상'이 있는 한편으로, 유령의 집에서 멋대로 문이 열리거나 닫히거나, 의자나 책상이 움직이거나 하는 것은 유령의 짓이지. 큰 모순이 있는 이야기잖아? 그렇다면 유령은 그 종류에 따라서 잘하거나 못하는 능력 같은 것이 있을지도 몰라. 네가 본 유령의 경우는……."

"'이따금씩 나온다'는 것은 조금 특이한가?"

"아아, 응. 본인이 그렇게 자각하고 있다는 것이 특이하다면 특이하다는 기분이 드네. 어느 정도의 물리적인 행동은 가능하구나, 네가 만난 유령은."

"문을 여닫는 것이나 서랍에서 일기를 꺼낸다든가 하는 정도……."

"하지만 전화는 받을 수 없었지."

"서재의 워드프로세서를 사용하지도 못했어."

"잠겨 있는 방에는 들어갈 수 있고."

"……그렇다고 들었어."

"그건 그렇다고 치고 사카키 씨라는 사람은 왜 죽은 거야? 술이라든가, 약이라든가, 천장에 늘어뜨려진 로프라든가…… 왠지 자살의 냄새를 풍기는 이야기도 나왔는데."

"직접적인 사인은 2층 복도에서 아래층 홀로 떨어졌을 때 목뼈가 부러진 게 아닐까 한대."

"너의 왼쪽 눈에 대한 그 사람의 통찰력도 어쩐지 날카롭네."

"그렇지. 날카롭고 암시적이야."

"그 인형의 눈이 자기와 '같은 것' '같은 방향'을 보고 있으며 그것은 즉 '죽음'이다, 라고 꿰뚫어본 거겠지. 즉 그 사람은 계속 죽음을 보고 지내왔으며 죽음에 이끌리고 있었다…… 그런 식으로 받아들여도 되는 걸까? 그래서 그 사람은……."

"스스로 목숨을 끊었다?"

"적어도 그렇게 하려고 했다, 그리고 실제로 죽어버렸다……."

"……."

"그런데 그 죽음은 어째서인지 은폐되어 있었던 거지. 누나인 쓰키호 씨와 남편인 히라쓰카 씨에 의해서."

"……."

"시체도 그 부부가 어딘가에 숨겨버렸는지도 몰라. 그런 것일까? 어쨌든 사카키 씨의 유령은 자기도 행방을 알 수 없는 자기 시체를 찾고 있구나."

"맞아. 그 사람은 나름대로 계속 고민하고 있었던 모양이야."

"그것도 특이하달까, 희귀한 종류의 유령이군. 대개 유령은 자기 시체의 행방은 아는 법이고 '여기에 있으니까 발견해 줘'라고 호소하기 위해 나오는 경우가 많은데…… 아, 물론이것도 픽션에 나오는 이야기지만. 예를 들자면 그 왜, 왕년의 명작 중에 〈더 체인질링The Changeling〉피터 메닥 감독의 1980년작이라는 호러 영화가 있는데……."

"몰라."

"에구, 그렇구나."

"나로서도 그날에는 신경 쓰이는 것이 많았어."

"으음?"

"사카키 씨를 만나러 호반의 저택에 가봤더니 현관문은 잠겨 있었고 초인종을 눌러봐도 아무도 나오지 않지 뭐야. 그래서 뒤편으로 돌아가 봤더니 뒷문이 열려 있어서, 그래서 나도 모르게 안에 들어가 버렸어."

"대담하구나."

"누군가 집 안에 있을 거라고 생각했거든. 그래서……."

"2층 서재에 들어갔다가 우연히 거기서 유령과 만났다는 건가?"

"뭐, 그런 거야."

"방에 들어가서 왼쪽 눈의 안대를 벗자마자 보였던 거지?"

"……응."

"그때까지 보이지 않았던 것이 갑자기?"

"그렇지."

"놀랐어?"

"……응."

"놀라겠지, 보통은."

"뭐, 여러 가지로."

"어디 보자…… 여기까지 들은 것만으로도 많은 수수께끼가 생겨났네. 사카키 씨의 죽음을 둘러싼 수수께끼나 시체의 행방은 물론이고, 그 밖에도 세세하게 신경 쓰이는 문제가……."

"……."

"……."

"……."

"……그래서?"

"응?"

"그다음 이야기."

"……듣고 싶어?"

"안 들을 수가 없잖아. 으음, 실제로 어떻게 된 걸까? 사카키 씨는 공식적으로는 여행을 떠난 것으로 되어 있던가? 쓰키호 씨 쪽에서 사실을 은폐하고 있다는 건 진짜야?"

"……결론부터 말하자면 그래."

"그렇다면……."

"하지만 순서대로 이야기할게."

"아…… 응."

"이러저러해서…… 우선은 내 쪽에서 움직여봤어."

"움직여봤다니?"

"어쨌든 확인해봐야겠다고 생각했거든. 유령은 호반의 저택만이 아니라 생전에 인연이 있던 장소에도 나오게 마련이니 혹시 모른다는 생각이 들었어. 그래서 별로 내키지는 않았지만, 키리카 씨에게 부탁해서 그다음 다음 날에……."

Sketch 5

……사람은 죽어도 무(無)가 되지는 않아. 나는 그렇게 생각해.

죽어서 혼이 남는다는 얘기야?

혼…… 그렇지. 그 표현이 옳은지 어떤지는 모르겠지만.

천국이나 지옥에는?

그것도 역시 알 수 없지만…….

……유령은?

응?

유령이란 건 있는 거야? 혼이 이 세상에 남으면 유령이 되나?

유령 따윈 없다. 어른으로서 이렇게 대답하고 싶지만…… 으음, 어쩌면 있다고 해야 할지도 모르지.

흐음.

있었으면 좋겠다, 라는 마음이 있는 건지도…… 뭐, 가령 존재한다 해도 죽었다고 해서 모두 유령이 되는 것은 아니겠지…….

1

5월 3일의 그날 밤, 숨이 끊어지던 순간 내 입술의 움직임.

그때 거울에 비친 그 광경이 이따금씩 생생하게 되살아나서 도저히 차분히 있을 수 없는 기분이 된다.

나는 그때 무슨 말을 하려고 했는가.

나는 그때 무슨 말을 했는가.

뒤틀린 듯 일그러진 채 굳어 있던 표정이 문득 풀리고…… 그리고.

처음에는 어쩐지 깜짝 놀란 듯한 느낌으로 입이 조금 벌어졌다. 그러나 벌어졌을 뿐 목소리는 나오지 않았다……고 생각한다.

이어서 입술이 희미하게 움직였다.

희미한, 떨리는 듯한 움직임이었지만 이때는 소리 내 발한 목소리가…… 그렇다, 확실히 있었다. 그 목소리를, 그 말을 간신히 알아들은 듯한…….

이제까지 기억해내려고 해도 들릴 듯이 들리지 않고, 보일 듯이 보이지 않고, 닿을 듯이 닿지 않는 안타까움만을 느꼈다. 그러다 이제 와서야 간신히 그 말이…….

……소리로 발해진 첫 번째 음절.

아마도 그것은 '쓰'였다는 기분이 든다.

그리고 두 번째는 '키'.

이어서 계속 입술이 움직였다. 이때는 소리가 나지는 않았지만 벌어진 입의 둥근 모양, 그걸로 보아 모음의 'O'였던 것 같은…….

그렇다면?

내가 소리 내 발한 마지막 말은 '쓰'와 '키'였다.

쓰, 키. 이것은 '달'을 뜻하는 단어 '쓰키(月)'일까. 그러고 보니 그날 밤은 하늘에 반달이 떠 있었다. 그렇지만 그것이 뭔가 관계가 있었다고는 생각되지 않는다. ……그렇다면?

'쓰'와 '키'는 전하려고 한 말의 전부가 아닐지도 모른다.

전부는 아니고 부분이었다. 사실은 그다음이 있었는데, 그것은 소리로 나오지 않았다. 그렇게 생각하면…….

벌어진 입의 둥근 모양. 모음의 '오'. 일본어에서 이에 해당하는 소리는 '오(お)' '코(こ)' '소(そ)' '토(と)' '노(の)' '호(ほ)' '모(も)' '요(よ)' '로(ろ)'인데…….

만약 그것이 '호'라고 한다면?

쓰, 키, 호······ 쓰키호.

'쓰키호'는 누나의 이름이다.

그때 내가 내려고 했던 말소리는 쓰키호라는 이름일까. 그런데 어째서 숨이 끊어질 때 그런 말을······.

······.

······.

······그 쓰키호가 어딘지 모르게 불안한 듯 엷은 웃음을 지으며 말했다.

"네, 그래요. 남동생은 올봄부터 혼자서 여행을 떠난 모양이더라고요."

"여행을 어디로요?"

이 질문을 한 사람은 키리카. 미사키 메이의 어머니이자 그 검은 드레스의 소녀인형을 만든 인형작가이다. 쓰키호보다 몇 살 연상인, 야무진 얼굴의 여성이었다.

"글쎄요······."

쓰키호는 미소를 무너뜨리지 않고 고개를 갸웃했다.

"예전부터 그 애한테는 그런 구석이 있었어요. 행선지도 이야기하지 않고 훌쩍 떠나버려요. 그것도 상당히 오랫동안······ 이런 걸 뭐라고 해야 할까요, 방랑벽?"

"자유로운 분이군요."

"그렇게 한동안 지나고 나서 돌아왔나 싶어서 물어보면

어딘가 외국에 다녀왔다지 뭐예요. 그런 일이 몇 번이나 있었어요. 그래서 저희도 이제는 익숙해졌다고 할지……."

아아, 그렇지 않다. ……그게 아닌데.

두 사람의 대화를 들은 나는 발을 동동 구르고 싶어진다. 이번에는 그런 게 아닌데.

나는 죽었고, 유령이 되어서 여기에 있는데…….

……미사키 가의 별장이었다.

레이스가 달린 커튼을 통해 밝은 햇살이 비쳐드는 널따란 거실. 바다 근처에 세워진 집이라 바람이 통하도록 활짝 열린 창문 밖에서는 줄곧 파도소리가 들려온다. 갈매기 같은 바닷새들의 울음소리도 들려온다.

키리카의 초대에 응해서 쓰키호가 두 아이를 데리고 참석한 오후의 다과회. 한창 다과회가 열리는 중에 나는 이곳에 나온 것이었다. 둥실 하고 자리에 내려서듯이.

음료 잔과 과자 접시가 늘어선 커다란 테이블을 둘러싸고 있는 사람은 여섯 명.

손님인 쓰키호와 소우, 미레이. 미사키 가 쪽은 키리카와 메이. 거기에 메이의 아버지인 미사키 씨도 있었다. 쓰키호의 남편 히라쓰카 슈지와는 동년배인 모양이지만 슈지보다도 젊은 느낌으로, 굳이 말하자면 운동부원 같은 쾌활함이 느껴졌다.

"모처럼 불러주셨는데, 공교롭게도 남편은 시간이 맞지 않아서요. 죄송합니다."

쓰키호의 말에 미사키 씨가 대답했다.

"아뇨, 무슨 말씀을. 저희들은 휴가차 이곳에 와 있지만 히라쓰카 씨는 바쁘시잖아요. 듣기로는 이번에 현 의회 쪽에 나가신다면서요?"

"아, 네. 주변에서 자꾸 요청도 들어오고 해서, 본인도 결심한 모양이에요."

"여러 방면에 걸쳐 실력자이니 자연스럽게 그런 목소리가 나오는 거겠죠. 선거는 가을 초던가요?"

"네. 그래서 벌써부터 여러 가지로……."

"부인께서도 힘드시겠네요."

키리카가 말했다.

"아뇨. 제가 딱히 뭘 거드는 것도 아니고……."

"오늘 초대한 것은, 사실은 메이의 요청이었답니다."

"어머나, 메이가?"

"여러분과 만나보고 싶다고, 갑자기 그런 얘기를 꺼내서요. 테루야 씨도 꼭 같이 오셨으면 좋겠다고도…… 그렇지? 메이."

미사키 메이는 "네"라고 예의바르게 대답했다.

"테루야 씨에게는 작년에 호반의 저택에서 여러 가지로 재미있는 이야기를 들은 적이 있거든요."

"호오, 그런 일이 있었니?"

미사키 씨가 중얼거리듯 말하고는 엷게 기른 입가의 수염을 쓰다듬으며 미소 짓는다.

"네."

메이는 역시 예의바르게 대답했다.

"그러고 보니 메이는 작년에도 놀러 왔었지."

쓰키호가 말했다.

"그때는 우연히 나도 함께 있었지. 소우와 미레이도 있었고……."

쓰키호는 문득 양쪽 눈을 가느다랗게 떴다. 눈물을 참고 있는 것처럼 보였다. 하지만 미사키 가 사람들에게 눈치채이지 않도록 금방 표정을 추슬렀다.

"미안하게 됐구나. 테루야가 오지 못해서."

"언제 돌아오세요? 테루야 씨는?"

메이가 묻자 쓰키호는 엷게 웃는 얼굴로 다시 고개를 갸웃했다.

"글쎄, 워낙에 저 마음대로 움직이는 변덕스런 성격이라."

"저기…… 핸드폰으로 연락할 수는 없나요?"

"테루야는 휴대전화가 없어. 그 집 부근이 아직 전파 상태가 나쁘기도 해서."

"이 부근도 통신사에 따라서는 휴대전화 통화권 밖인 모양이고."

키리카가 덧붙였다.

"그런가요."

메이는 고개를 가만히 끄덕이며 말했다. 쓰키호와 키리카를 교대로 바라보던 그 시선이 옆으로 쓱 이동하더니 어떤 곳에 멈췄다.

미레이와 소우가 나란히 앉아 있는 의자 뒤쪽 공간. 내가 이때 나와 있던 곳을 정확하게.

메이는 안대를 하고 있지 않았다. 왼쪽 눈의 푸른 눈동자가 한순간 뭔가 요사스러운 빛을 띤 듯한 기분이 들었다. ……역시 그렇구나. 오늘도 저 아이에게는 내 모습이 보이는 것이다.

2

"어머, 메이. 어떻게 된 거니? 그 붕대."

쓰키호가 물었다. 화제를 바꾸려는 속내가 엿보였지만 메이의 오른쪽 팔꿈치에 붕대가 감겨 있는 것은 사실이었다.

"어제 자전거를 타다가…… 큰 상처는 아니에요."

메이가 대답했다.

"자전거 타는 연습을 하다가 그랬어요."

키리카가 메이의 대답을 거들었다.

"어머, 메이. 자전거 탈 줄 몰랐었니?"

"요즘엔 자전거를 탈 줄 알아야 한다는 생각에 제가 특별 훈련을 시켜주려고 가지고 왔습니다만……"

미사키 씨가 좀 더 말을 거들었다.

"하지만 무리해서 탈 필요는 없겠지. 누구나 적성이란 것이 있는 법이니까. 안 그러니, 메이?"

딸 쪽을 보며 미사키 씨는 껄껄 웃는다. 메이는 무표정한 얼굴로 입을 다물고 있지만 딱히 토라진 듯한 분위기도 아니다.

"메이, 메이 언니."

의자에서 일어난 미레이가 메이에게 다가갔다.

"저기, 메이 언니. 인형 놀이 하자."

"응?"

고개를 갸웃거리는 메이에게 미레이는 방에 놓인 장식 선반 쪽을 가리켰다.

"저거 인형이잖아."

"어허, 그러면 안 돼, 미레이. 저건 인형 놀이 하는 인형이 아니야. 알겠지?"

쓰키호가 제지했다.

선반에는 키리카의 작품으로 보이는 몇 개의 인형이 장식되어 있다. 자그마하지만 어느 것이나 섬세한 아름다움을 지닌 소녀인형이었다.

"에잉……."

우는소리를 하는 미레이를 곁눈질하면서 소우가 혼자 소파 쪽으로 이동했다. 그 움직임을 쓰키호가 말없이 눈으로 좇는다.

"소우 군은 어쩐지 기운이 없어 보이는구나."

소우를 본 키리카가 말했다.

"네. 여러 가지로 어려운 나이인 것 같아요."

곧바로 쓰키호가 염려스럽다는 듯이 소우 쪽을 보면서 어딘지 모르게 허둥지둥하는 어조로 대답했다.

"오늘도 같이 오기를 꺼릴 줄 알았는데, 미사키 씨 별장에서 다과회를 연다고 했더니 '나도 갈래'라고 하지 뭐예요."

"테루야 씨랑 워낙에 사이가 좋았던 애라서 쓸쓸한 게 아닐까요?"

키리카가 말했다. 그러고는 의자에 앉은 채로 몸을 비틀어서 "애, 소우!" 하고 불렀다.

"과자 좀 더 먹을래? 시원한 주스는?"

소우는 말없이 고개를 저었다. 그러는가 싶더니 앉아 있던 소파에서 일어나 조금 전에 미레이가 가리킨 장식 선반 쪽으로 향했다. 선반 앞에 서서 유리 너머에 들어 있는 인형을 들여다본다.

"소우 군도 이런 인형을 좋아하니?"

미사키 메이가 소우 옆으로 와서 물었다. 소우는 순간 깜짝 놀란 것처럼 어깨를 떨었지만, 이내 살짝 끄덕이며 "아, 응"이라고 대답했다.

"테루야 삼촌도 좋아했지? 인형."

"……그랬어."

"그래서 소우 군도?"

"……응."

"이 중에서는 어느 인형이 좋아?"

"아, 그건……."

"메이, 메이 언니."

그때 다시 미레이가 다가왔다.

"메이 언니, 놀자. 인형 놀이 하자."

"뭐니, 미레이? 그러면 안 돼, 언니가 곤란해하잖아."

쓰키호가 또 미레이를 제지했다.

그사이에 소우는 다시 혼자 소파로 돌아갔다. 왠지 모르게 쓸쓸해 보이는 시선을 내리고 희미한 한숨을 흘리며…… 이윽고.

"몰라."

가만히 중얼거렸다.

"나는 몰라…… 아무것도."

"소우?"

조금 당황한 듯이 아들의 이름을 부르며 쓰키호가 의자에서 일어났다.

"그러면 안 된다고 했잖니. 또 그렇게……"

"아…… 네."

그때 갑자기 메이가 입을 열었다.

"으음, 날씨가 좋네."

그녀는 붕대 감은 오른쪽 팔꿈치를 감싸면서 레이스 커튼이 흔들리는 창문 쪽을 향해 쭈욱 하고 기지개를 켠다.

"저는 잠깐 바깥에 나갔다 올게요."

3

메이가 말한 '바깥'이란 방에서 바로 나갈 수 있는 테라스였다.

나는 왠지 모르게 "같이 나가죠"라는 말을 들은 느낌이 들어서, 약간 주저했지만 결국 메이의 뒤를 따랐다.

테라스를 통해 정원 잔디밭으로 내려간 메이는 바다 쪽을 바라보고 있었다. 내가 천천히 등 뒤로 다가가자 메이는 몸을 빙글 돌리며 "사카키 씨?"라고 물었다.

왼쪽 눈의 푸른 눈동자가 똑바로 이쪽을 향하고 있었다.

"아, 맞아. 유령이지만."

"나온 것은 그저께 호반의 저택 이후로 처음인가요?"

"……그런 것 같아."

"그렇구나."

메이는 다시 빙글 몸을 돌려서 바다 쪽을 바라보았다.

집 바로 앞에 바다가 있는 것은 아니었다. 해변까지는 걸어서 몇 분 정도 걸린다. 바다에서 조금 떨어진 높은 위치에 자리 잡은 집이라 전망은 아주 좋았다.

"여기서 한 번 신기루를 본 적이 있어요."

이윽고 메이가 말했다.

"호오…… 언제?"

"작년 8월. 요미야마로 돌아가기 전날에."

"한여름의 신기루인가."

"그렇게 대단한 신기루는 아니었지만요. 바다 저편을 가르는 배 위에 거꾸로 된, 똑같은 배가 흐릿하게 떠오른 것 같은……."

"여름에 생기는 경우는 아주 드물어."

"바다 표면과 근접한 공기는 차갑고 그보다 높은 상공은 따뜻해서 그 온도 차이로 인해 빛이 굴절되어 허상이 보이는……."

"그래. 그것을 봄형, 상위 신기루라고 하지."

나는 머릿속 지식을 술술 늘어놓았다.

"겨울형은 반대로 바다 가까이가 따뜻하고 상공은 차가워서 허상이 실물 아래쪽에 보여. 그래서 하위 신기루라고 하지. 나는 그 두 가지 신기루를 모두 사진으로 찍은 적이 있어."

"……봤어요. 지금 그 설명도 작년에 사카키 씨가 해줬죠?"

"아, 그랬던가?"

"그건 그렇고……."

다시 이쪽을 돌아보며 미사키 메이가 말했다.

"그저께 왜 제가 호반의 저택에 갔었는지, 이유를 말하지 않았던 것 같네요."

"아, 응. 그러고 보니……."

내 쪽의 사정을 이야기하는 것만으로도 벅찼으니까.

"실은요."

그렇게 운을 떼고 메이는 양쪽 눈을 감았다가 천천히 떴다.

"옛날에 사카키 씨가 당한 사고에 대해서 자세히 듣고 싶어서였어요. 지금으로부터 11년 전, 1987년, 사카키 씨가 중학생이었을 때 겪은."

"……."

"그저께 해준 이야기로는, 사카키 씨는 중학교 3학년 1학기까지 요미키타 3학년 3반에 있었어요. 왼쪽 다리에 큰 상처를 입은 버스 사고란 건 수학여행 때 일어난 사고였고…… 그때 많은 사람들이 죽었다고 했죠."

"……그래."

"그 뒤에 사카키 씨는 어머니가 돌아가셨고, 여름방학 전에 요미야마에서 이쪽으로 이사를 왔고 학교도 전학했죠. 그것으로 재앙으로부터 달아날 수 있었던 거군요."

"재앙…… 그렇지. 그 부분은 전부 전에 이야기한 대로야."

나는 얌전히 끄덕여 보였다.

메이도 같이 고개를 끄덕이고 나서 "실은요, 저는……"이라고 입을 열려고 했다.

나는 그 말을 막으면서 이렇게 물어보았다.

"너도 지금, 요미키타의 3학년 3반이다, 그런 거니?"

학생의 사고사를 보도한 그 신문기사를 읽고서 "제로는 아니지"라고 중얼거렸던 그 가능성.

메이는 말없이, 몸을 떠는 듯이 끄덕였다.

"5월 말에 우연히 신문에서 봤어. 사쿠라기 유카리였던가? 요미키타 3학년생이었던 그 애가 학교에서 죽었고, 같은 날 그 애 어머니도……라는 신문기사. 거기에서 나도 모르게 쓸 데없는 상상을 부풀려버렸거든. 어쩌면 네가 같은 반 학생일 가능성도 있겠다고."

다시 메이는 몸을 떠는 듯이 끄덕였다.

"올해는 '있는 해'야? 반에 또 한 사람이 섞여 들어와서 재앙이."

나는 물었다.

"……시작되었어요."

메이는 목소리를 낮추며 대답했다.

"벌써 몇 사람이나 죽었어요. 여름방학 직전에는 담임선생님까지."

"아아……."

"……그래서."

"그래서?"

"사카키 씨가 만일 87년도의 경험자라면, 뭔가 조금이라도 도움이 될 만한 정보를 들려줄 수 있지 않을까 해서요. 그래서 어쨌든 그 집에……."

"그런데 공교롭게도 나는 이미 죽어서 이런 유령이 되어 있더라는 건가? 깜짝 놀랐어? 아니면 실망했어?"

메이는 아무 대답도 하지 않고 살짝 고개를 기울였다.

끼~익, 쿠이익~. 머리 위 하늘에서 새 울음소리가 났다. 올려다보니 갈매기 몇 마리가 낮은 하늘을 오가고 있다.

"가령 내가 살아 있었다고 해도 네게 도움이 될 만한 이야기는 아무것도 해줄 수 없지 않았을까 해."

내 말에 메이는 고개를 갸웃한 채로 "그런가요?"라고 말했다.

"말할 수 있는 것이라면 '도망칠 수밖에 없다'라는 것뿐이 아니었을까. 내가 옛날에 그렇게 했던 것처럼."

"도망친다……."

"적어도 우리들은 도망쳐서 목숨을 건졌으니까. 여름방학에 피신해온 같은 반 친구들도 이쪽에 있는 동안에는 무사했고."

"그 사진에 찍혀 있는 사람들?"

"그래, 맞아."

야기사와, 히구치, 미타라이, 아라이. 나와 같이 사진을 찍었던 네 명의 얼굴을 순서대로 떠올리면서 그렇게 대답했을 때.

뭔가 요란한 소리가 들려왔다.

그때까지 주변을 감싸고 있던 다양한 소리와는 너무나도 이질적인, 반사적으로 강한 불안을 불러일으키는…….

……날카로운 사이렌 소리였다. 아마도 이것은 경찰차,

그것도 여러 대가 달려오는 소리다.

점점 가까이 다가오다가 이윽고 멈췄다. 여기에서도 보이는 해변도로에서.

"뭐지?"

메이의 목소리와 동시에,

"뭘까? 무슨 사고라도……."

나도 무심코 중얼거렸다.

"으음. 만약 차 사고라면 충돌 소리 같은, 뭔가 커다란 소리가 들렸겠죠. 그렇게 멀리 떨어진 곳이 아니니."

"그러면……."

"예를 들면 바다에 사람이 빠졌다든가. 저 부근은 해수욕장도 가깝고……."

메이는 살짝 발돋움하는 듯한 자세로 경찰차가 도착한 쪽을 바라본다. 시력을 모아서 조금이라도 상황을 파악하려 한다.

"아아…… 저길 봐요. 사람들이 많이 모여 있어요. 경찰들이 모두 바닷가 쪽으로……."

바닷바람을 타고 사람들의 목소리가 전해져 온다. 또렷하게 들리지는 않지만, 어쩐지 긴박한 분위기가 느껴진다.

"역시 바다에서 사고가?"

"사고가 아니라 사건일지도."

메이는 내 쪽을 돌아보며 말했다.

"해수욕하던 사람들 사이에서 경찰에 신고할 만한 문제가 생긴 것일지도 모르고, 그 밖에도 예를 들면……."

그러고는 갑자기 입을 다물었다.

"예를 들면?"

내가 재촉하자 메이는 잠시 짬을 둔 뒤에 대답했다.

"해변에 시체가 밀려 올라왔다든가…… 가능성이 제로는 아니겠죠?"

"아……."

'시체'라는 말에 나는 당연하게도 강하게 반응했다.

해변에 밀려 올라온 시체. 밀려올 때까지 계속 바다를 표류했든가 바닷속에 가라앉아 있던 시체…… 어쩌면 그것은.

그것은, 그 시체는…… 나의?

이런 상상과 함께 시야가 흐물흐물 일그러졌다.

……나의, 시체.

죽은 뒤에 바다에 버려진 걸까? 그것이 이제 와서…….

나의 시체가 저곳에. 오랫동안 물에 잠겨 있었을 테니 분명 퉁퉁 불어서. 물고기에게 살을 뜯어 먹혔을 테니 분명 너덜너덜해진 채로…….

"신경 쓰인다면 확인하러 가볼까요?"

동요하는 나의 속마음을 들여다본 것처럼 메이가 말했다.

"근데 그렇게 초조해하지 않아도 정보는 금방 들어올 거예요."

"아…… 응."

고개를 끄덕이면서도 나는 안절부절못하는 마음으로 멀리 보이는 경찰차 경광등의 회전에 끌려들어 가듯이 천천히 몸을 움직였다.

그런데 그때…….

"뭐지? 이 요란한 소리는."

미사키 씨가 테라스로 나오며 말했다.

"……응? 저런 곳에 경찰이…… 무슨 일이 생긴 모양이네."

그때였다.

어째서인지는 알 수 없지만, 나는 문득 나의 존재가 흐려져가는 것을 느꼈다. 이대로라면 곧 그 '공허한 어둠'에 끌려들어 가버린다. 나오는 것과는 반대 의미로 사라져버린다. 그런 예감이 들었다.

"……말하지 않는 편이 낫겠어요."

미사키 메이가 속삭이는 목소리로 말했다.

"아무도 없을 때 또 봐요, 유령 씨."

4

그 뒤에 나는 전에 없이 불안정한 상태였지만, 그래도 간신히 그 자리에 머물러 있었다. 그야말로 '단속적으로'라고 말해도 좋을 것이다. 짧은 시간 동안 나왔다가 사라지려 하거나, 실제로 사라져버렸다가 다시 나오거나…… 그렇게 반복해서.

그런 나의 모습이 미사키 메이의 저 왼쪽 눈에 어떻게 비쳤는지는 알 수 없다.

해변의 소란스러운 분위기는 한동안 이어졌지만, 우리가 해변으로 확인하러 가보는 일은 없었다. 정보는 수십 분 후 미사키 씨의 입을 통해서 들었다. 그가 어떻게 그 정보를 입수해 왔는지는 모른다. 다른 방에 가서 어딘가로 전화를 건 모양인데 어쩌면 경찰 쪽에 연줄이 있는지도 모른다. 어쨌든.

다른 방에서 돌아온 미사키 씨가 말했다.

"해변에서 시체가 발견된 모양이야."

그가 입을 열 때 나는 또다시 그 자리에서 사라져가던 중이었다. 그러다 마치 그의 말에 붙들린 듯이 멈추게 되었다.

사람들의 반응은 다양했다.

"어머나!"라고 말하며 입가에 손을 댄 키리카. 이맛살을 찌푸리면서도 날카로운 시선을 창가로 향한다.

"에?" 작게 놀라는 소리를 내뱉은 뒤에 어쩐지 당황한 듯이 얼굴을 숙이는 쓰키호. 기분 탓인지 안색이 창백해진 듯 보인다.

미레이는 "시체?"라고 중얼거리고 고개를 갸웃거리며 어머니 쪽을 엿본다.

그러자 쓰키호는 "아……아무것도 아니야"라며 딸을 끌어안았다.

"미레이하고는 상관없는 일이란다. 신경 쓰지 않아도 돼요."

그때 어머니와 여동생으로부터 떨어져 있는 소파에서 소우가 천천히 일어섰다. 여전히 무표정인 눈으로 자리를 둘러보나 싶더니, "……몰라"라고 낮게 중얼거리고는 소파에 다시 앉았다.

"어떤 시체였어요?"

질문한 사람은 메이였다. 이 자리에는 어울리지 않는 소식이었다고 생각하는지, 미사키 씨는 약간 겸연쩍은 듯이 입가의 수염을 쓰다듬으며 말했다.

"행방불명된 커플이 있었던 모양이야. 라이미자키 맞은편 해변에서 보트를 타고 바다로 나간 뒤에 돌아오지 않았대. 나는 몰랐지만 요 며칠 동안 커다란 소동이 벌어졌던 모양이야. 조금 전에 발견한 것은 그중 한 명일 거라고 하더구나."

"……그런 일이 있었나요."

"여자 쪽 익사체인 모양이야. 남자는 아직 행방불명 상태이고."

"여자였군요."

"응. 그렇게 들었어."

……여성의 익사체.

나는 다시 서서히 존재가 흐려져가기 시작하는 가운데 두 사람의 대화는 똑똑히 듣고 이해했다.

해변에 올라온 것은 여성의 익사체.

여성의……라는 말은 즉, 그것은 내 시체가 아니라는 것이다.

나는 비로소 안도하는 자신을 깨달았다. ……묘한 심경이었다.

어째서 나는 가슴을 쓸어내리고 있지?

어째서 나는 안도하지?

지금 어디에서 어떻게 되어 있는지 본인도 모르는 나의 시체. 나는 그것을 계속 찾고 있는데…… 그런데도 어째서.

혹시 나는 실은 내 죽음을 인정하고 싶지 않은 걸까? 이 상황에 이르러서도 그런 마음이 남아 있는 걸까?

……설마.

그럴 리가 없다. 이것은 잠깐의 회의감이다. 아니, 그렇다기보다 생전의 감각에 기초한 반사적인 행동, 그런 것이리라.

5

이날의 다과회가 파할 무렵에도 나는 아직 간신히 그 자리에 머물러 있으면서 나왔다가 사라지기를 반복했다.

그런 나에게 미사키 메이가 말을 걸어왔다. 근처에 다른 사람이 없는 틈을 타서.

"내일 또 호반의 저택에 가보려고 해요."

작은 목소리로 시원스레 계속 말했다.

"오후에, 예를 들면 2시쯤이라든가."

"엉?"

당황하는 나를 바라보며 그녀는 미소 지었다.

"거기서 또 이야기 들려줄래요?"

"……하지만 말이지."

그래, 그러자, 하고 간단히 대답하고 약속대로 그곳에 나올 수 있는 것은 아니다. ……이것이 유령의 실정이지만.

"내일은 무린가요?"

"저가…… 무리다, 아니다의 문제가 아니라."

"으음, 하긴 그렇겠네."

미사키 메이는 한쪽 뺨을 살짝 부풀렸지만, 곧바로 표정을 바꾸고 말했다.

"어쨌든 저는 가볼 거예요."

그러고는 천천히 오른손을 들어 손바닥으로 오른쪽 눈을 덮었다. 이때 팔꿈치에 감겨 있던 붕대 끝단이 스르륵 풀어져서 흔들렸다.

"여러 가지로 신경 쓰이는 것도 있고."

"아, 그게……."

제대로 대답하지 못하는 나에게 그 아이는 푸른 눈동자를 향했다. 그리고 이렇게 말했다.

"왠지 모르게 사정은 알 것 같아요. 하지만 그곳은 원래부터 사카키 씨 집이니까 나오려고 노력해주세요. 알겠죠, 유령 씨?"

Sketch 6

죽더라도 유령이 되는 사람과 되지 않는 사람이 있어?

이 세상에 원한이나 미련을 남기고 죽으면 유령이 된다고 들 하지.

참혹한 일을 당해서 죽었다든가 해서? 요쓰야 괴담의 이와 씨처럼?

그건 자기한테 참혹한 짓을 저지른 자에게 원령이 돼서 복수한다는 전설이지. 그런 것 말고는…… 그렇지. 소중한 사람에게 마음을 전하지 못한 채로 죽었다든가, 다른 사람들에게 제대로 추도받지 못했다든가……. 뭐, 이거고 저거고 간에 전부 사람들이 상상해낸 이야기지만.

원한이나 미련이 없어지면 유령이 아니게 되는 거야?

성불한다고 하던가. 이건 불교의 사고방식이지만.

기독교에서는 달라?

글쎄, 어떠려나.

종교에 따라서 '죽음'은 다른 거야?

죽음의 본질은 하나겠지. 하지만…… 그렇지. 종교에 따라서 그 취급방식이 다른 부분은 있을 거야.

…….

하지만.

……하지만?

종교 이야기라든가 유령이 어떻고 하는 이야기는 접어두고, 나는…….

1

정해진 시간, 정해진 장소에 나오려고 마음먹더라도 정말 의도한 대로 나올 수 있다고 단정할 수는 없다. ……그것이 내가 파악하고 있는 '유령의 실정'이지만, 결과적으로 다음 날인 8월 1일 오후 2시경에 나는 호반의 저택에 나왔다. 과연 이것이 미사키 메이의 "노력해주세요"라는 말에 부응해 노력한 결과인지 뭔지는 알 수 없다.

그 아이의 모습을 발견한 것은 저택의 뒤뜰이었다.

데님 반바지에 검은색 티셔츠, 레몬색 서머 카디건을 걸치고, 하얀 모자를 쓰고, 붉은 배낭을 메고……. 미사키 메이는 그때 뒤뜰 한구석에 늘어서 있는 동물들의 작은 묘표 곁에 있었다. 나무 토막으로 만든 조잡한 몇 개의 십자가를 갸름한 턱 끝에 손가락을 대고 바라보고 있었다.

"여어."

그렇게 이쪽에서 말을 걸었다.

돌아본 그녀의 눈이 나를 포착한다. 오늘은 처음부터 안대를 하고 있지 않았다.

"사카키 씨?"

메이의 물음에 "응, 맞아"라고 대답했다.

미사키 메이는 입가가 긴장돼 있었지만 뺨에는 엷은 미소를 떠올리며 말했다.

"제때 나와주셨네요."

"뭐…… 어떻게든."

나는 천천히 앞으로 나아가서 다시 묘표 쪽으로 돌아서는 메이 옆에 섰다.

"이것이 요전에 이야기해주셨던 까마귀의 무덤인가요?"

"응, 맞아."

나는 끄덕이고, 늘어선 십자가를 바라보았다.

"왼쪽 끝이 까마귀. 나머지는 그 밖의 동물들 무덤이야."

"흐음."

메이는 왼쪽 끝의 묘표 앞으로 걸음을 옮기고 시선을 보낸 뒤, 거기서부터 한 걸음씩 오른쪽으로 이동하면서 들쑥날쑥한 크기의 묘표들을 순서대로 본다. 이윽고 오른쪽 끝에 있는 몇 번째인가의 십자가 앞에서 움직임을 멈추었을 즈음……

"〈금지된 장난〉 1950년대 프랑스 영화. 어린 소년 소녀가 작은 동물들의 묘 앞에 작은 십자가를 만들어주는 장면이 있다 이네요."

그렇게 중얼거렸다.

그러고는 아무런 대답도 하지 못하는 내 쪽을 흘끗 보며 말했다.

"아주 오래전의 프랑스 영화……인데요?"

"아아, 그건……."

당황하며 기억을 더듬어보지만, 바스락 하고 미약하게 움직이는 부분이 있을 뿐이었다. 한심스럽고 답답한, 그리고 견딜 수 없는 기분.

"그렇다면, 예를 들면……."

메이는 다시 한 걸음 더 오른쪽으로 이동해서 지면을 내려다보면서 말했다.

"이것들과 나란히, 이곳에 사카키 씨의 시체가 있다든가."

"뭐?"

나는 허를 찔린 기분으로 그 아이의 시선을 좇는다. 빽빽

한 잡초에 덮여 있는 딱딱해 보이는 지면이었다.

여기에?

이 아래에 나의 시체가?

아니, 그건 아니다. 곧바로 생각을 고쳤다.

"그건 아니겠지. 사람의 시체가 들어갈 정도로 커다란 구멍을 파고서 도로 메웠다면, 그랬던 흔적이 아직 남아 있지 않을까? 그런데 이 땅바닥은 다른 곳과 전혀 차이가 없어 보여."

정원 어딘가에 묻혀 있을 가능성은 내가 이미 생각해보고 전체적으로 둘러보기도 했다.

"확실히 그렇네요. 여기뿐만이 아니라, 이 부근 땅바닥은 어디나 똑같다는 느낌이에요."

눈을 들고서 메이는 말했다.

"그러면 다른 곳을 보러 다닐까요? 안내해줘요, 유령 씨."

2

"작년 여름방학에 왔을 때 저는 이 장소에서 건물을 스케치했었죠. 사카키 씨 집이라는 걸 모르고. 소우 군이 그런 나를 발견하고 사카키 씨가 있던 그 호반까지⋯⋯."

동물들의 묘표가 있는 곳과는 반대편— 방향으로 말하면 동쪽—인 정원, 건물에서 조금 떨어진 위치에 있는 나무 그늘에 발을 들이고서 미사키 메이는 걸음을 멈췄다.

"그때의 스케치를 가지고 왔는데요."

빙글 돌며 내 쪽을 본 그녀는 등에 메고 있던 배낭을 내려놓고 안에서 한 권의 스케치북을 꺼냈다. 8절지 크기의, 빛바랜 연두색 표지.

"작년에 이걸 별장에 두고 돌아갔었거든요. 그 뒤로 이쪽으로 가지러 올 기회도 없었고. 이걸 두고 가지 않았다면 올해는 새 스케치북을 가지고 왔을 테니 이건 전화위복일지도……."

무슨 말을 하고 싶은 걸까.

상대의 심중을 가늠하지 못하고 나는 멈춰 선다.

미적지근한 바람이 불어와 메이의 머리 위에서 나뭇가지와 잎사귀를 흔든다. 동시에 나뭇가지 사이로 비치는 햇살이 흔들렸고, 그 자리에 서 있는 그녀의 모습 역시 미묘하게 흔들리는 듯 보였다.

한여름의, 구름 한 점 없는 푸른 하늘.

나무 그늘 밖에 있는 나에게는 용서 없는 강한 햇살이 퍼부어진다. 원래대로라면 이미 이 세상에서 사라지고 황천의 어둠 속을 떠도는 존재인 나를 '불순물'로서 태워버리려는 듯이. 그렇게 의식한 순간.

밝은 오후의 풍경이 순식간에 양상을 바꾸었다.

갑자기 명암이 완전히 역전된 이상한 세계에 내던져진 기분에 저도 모르게 눈을 감고 힘없이 고개를 흔들었다.

"봐요, 이거."

메이의 목소리가 들렸다. 꺼낸 스케치북을 펼쳐 보이며 나를 나무 그늘 안으로 불렀다.

"이 그림…… 어때요?"

연필로 그린 스케치였다. 이 장소에서 보이는 저택과 저택 부근의 풍경이 정성스런 필치로 모사되어 있다.

서양식 2층 건축물. 건물 외벽을 나무 판자로 마감한 건축양식에 길쭉한 창문은 위아래로 여닫는 방식이다. 맞배지붕이 아니라 두 종류의 굴곡이 합쳐진 형태의 지붕. 지면에 거의 닿아 있는 위치에도 몇 개인가 작은 창문이…….

"허어. 그림을 잘 그리는구나."

나는 느낀 그대로를 말했다. 그러자 메이는 쿡, 하고 웃었다.

"칭찬해줘서 고마워요, 유령 씨."

그런 뒤에 조금 날카로운 목소리로 이렇게 물었다.

"이 그림을 보고 뭔가 느껴지는 것 없나요?"

"뭔가, 라니?"

"지금 여기서 보이는 저 건물의 모습과 비교해봤을 때. 사진이 아니라 정확히 모사된 것은 아니지만, 그래도……"

그 말을 듣고 다시 건물 쪽을 보았다.

봄부터 전혀 손질을 하지 않은 탓인지, 그림과 비교하면 전체적으로 잡초가 수북하게 자랐고 엉망이 된 분위기가 떠돈다. 높이 자란 잡초가 1층 벽면이나 낮은 위치에 늘어선 창문들을 가리고 있기도 하고…….

깨달은 것은 일단 그 정도인데…….

"아래쪽에 있는 저 창문은 지하실의 채광창인가요?"

메이가 창문을 가리키며 물었다.

"응, 맞아."

"나중에 지하실도 보고 싶네요."

"그건 상관없지만……"

나는 좌우로 고개를 저었다.

"하지만 저곳에 내 시체는 없어. 이미 수색을 끝냈어."

"……그런가요."

스케치북을 펼치고 든 채로 미사키 메이는 나무 그늘에서 걸어 나왔다. 그리고 천천히 건물로 조금 다가간 곳에서 발을 멈추고 다시 한 곳을 가리키며 물었다.

"저건요?"

메이는 나무 그늘에 남아 있는 나를 돌아보았다.

"저것도 작년의 이 그림에는 그려져 있지 않아요."

메이가 가리킨 곳은 건물을 정면에서 봤을 때 오른쪽 끝 부근이었다. 제멋대로 자란 잡초에 거의 파묻혀 있는, 뭔가 하얀 장식물 같은 것이······.

"아아, 정말 그렇네."

높이 1미터 남짓한 꽤 커다란 물체······. 가만히 살펴보니 그것은 두 팔을 벌리고 머리 위를 올려다보는 천사의 상이 었다.

"작년에는 저런 게 없었을 텐데 언제 저기에 세워진 거죠?"

그러나 나는 "글쎄"라는 대답밖에 할 수 없었다. 모른다. 전혀 기억하지 못하겠다.

그때 설마, 하고 어떤 의심이 고개를 쳐들었다.

이제까지 간과하고 있었지만, 혹시 저곳에 나의 시체가 묻혀 있는 게 아닐까? 예를 들면 그 표식으로서 저 천사상이. 그러나.

메이와 둘이 함께 상이 세워져 있는 지면을 관찰해보았지만, 뒤뜰의 묘표 주변과 마찬가지로 올봄 이후로 사람의 시체를 묻은 듯한 흔적은 전혀 찾아볼 수 없었다.

3

미사키 메이의 제안에 따라 그 뒤에 우리는 집에 인접해서 세워진 차고로 향했다. 어두컴컴한 실내에 들어가자 어째서 인지 묘하게 안도감이 느껴졌다. 역시 유령은 한낮의 햇살은 맞지 않는 것일까.

더러워진 스테이션왜건에 다가가서 운전석을 들여다보는 메이를 향해, "차 안은 조사했어"라고 한숨 섞어 말했다.

"뒷좌석에도, 짐칸에도, 아무것도 이상한 부분은 없어. 물론 차 아래도……."

"마지막으로 이 차에 탄 건 언제였어요?"

혼잣말처럼 그 아이가 한 말을 듣고 나는 "글쎄"라고 중얼거렸다. 모르겠다. 기억나지 않는다.

"사카키 씨는 쓰키호 씨가 있는 곳에 갈 때 늘 이 차로?"

이 질문에는 "맞아"라고 대답했다.

"걸어서 가기에는 꽤 머니까."

"소우 군을 태워다 주거나 하는 일도 자주 있었나요?"

"그건……."

천천히 기억을 살피고 나는 "음, 아니야"라고 고개를 저었다.

"다른 사람은 거의 태우지 않았어. 소우든, 쓰키호 누나든 내가 운전하는 차에는……."

……어째서일까?

자문과 동시에 답이 보였다.

"사실은 말이지, 나 자신이 차에 타는 것도 싫었다고 생각해. 필요를 느껴서 운전면허를 따고 차도 사고, 남들처럼 타고 돌아다니기는 했지만."

"그런데 사실은 싫었다?"

"응. 기본적으로는 아마도…… 그렇지, 아주 두려워했었다고 생각해. 마음속으로는 항상 두려워서 견딜 수 없었어. 차에 타는 것 자체가 두려워서…… 그러니까 누군가를 내 차에 태우는 것도 싫었고."

"그건……."

운전석 문에서 한 걸음 떨어져서 미사키 메이는 오른쪽 눈을 가느다랗게 떴다.

"그건 11년 전의 버스 사고 때문인가요?"

"아마도."

그 부분의 기억을 더듬으면서 나는 끄덕였다.

"끔찍한 사고였거든."

— 끔찍한 사고였거든.

"그때의 비참한 광경이 도저히 잊히지 않아서."

— 잊히지 않아서…….

"그건 특수한 재앙이었으니까, 라고 나를 달래보기도 했어. 그렇지만 그런 재앙에 관련되지 않더라도 차 사고는 일어나잖아."

"……."

"내가 운전하다가 나 혼자 사고를 당하는 건 그나마 낫지만, 만약에 그때 누군가가 같이 타고 있었다면. 그런 생각만 해도……."

— 나만 죽는 것이라면 괜찮아.

— 나만 죽는 것이라면…….

"……그러니까."

"그러니까 사람은 태우고 싶지 않았다?"

"그런 거지."

"흐음."

메이는 차에 등을 돌리면서 또다시 혼잣말처럼 말했다.

"계속 마음에 두고 있었군요, 사카키 씨."

그런 뒤에 그녀는 한동안 차고 안을 돌아다니면서 차 키가 걸려 있는 랙을 확인하거나, 이런저런 공구나 도구, 어떤 부품이나 용도불명의 잡동사니가 놓여 있는 선반을 들여다보기도 했다. 그 모습을 지켜보는 동안 나는 조금 초조해져서 이렇게 말했다.

"여기는 구석구석까지 조사했어. 어디에도 내 시체는 없어.

그만하면 됐잖아? 찾는다면 다른 장소를……."

기긱, 하고 이상한 소리가 울린 것은 그때였다.

기기기긱…… 기긱, 하고.

이 소리는? 생각해볼 새도 없이…….

크고 무시무시한 소리가 어두컴컴한 차고를 뒤흔들었다.

무엇이 원인인지는 알 수 없다.

어쩌면 메이가 멘 배낭이 선반에서 삐져나온 공구 끝에 걸렸는지도 모른다. 그녀의 움직임과 직접적인 관계는 없이, 원래부터 낡아서 불안정했던 물건이 바로 그 순간에 균형을 잃었는지도 모른다. 그것이야 어쨌든.

커다란 소리의 정체는 벽 쪽에 세워진 높은 선반이 그곳에 있던 물건들과 함께 앞으로 넘어진 것이었다.

"아앗!"

미사키 메이가 넘어진 선반에 깔리고…….

"……이럴 수가."

겉보기에도 그녀는 가냘픈 체구였다. 저래서는 한 줌도 남지 않고 짓이겨져서…….

"……설마."

피어오른 뿌연 먼지가 마치 짙은 안개 같았다. 시야가 가려져서 어떻게 되었는지 잘 알 수 없다. 그러나 이윽고.

보이기 시작했다. 그녀의 몸이.

메이는 마침 선반 옆에 서 있었지만, 재빨리 몸을 피한 듯했다. 깔리는 것은 아슬아슬하게 면했지만, 피하다가 바닥에 넘어진 채 엎드려 있었다. 그런데 이번에는 그곳에.

선반 옆에 서 있던 삽이나 곡괭이 같은 도구들이 충격에 의해 차례차례 쓰러지기 시작했다. 연쇄적으로 울려 퍼지는 소리는 파괴적이면서도 흉악했다. 또다시 피어오른 먼지가 넘어져 있는 그녀의 모습을 짙은 안개처럼 감싸고…….

"괘……괜찮아?"

나는 당황하며 메이 곁으로 달려갔다. 그러나.

그녀는 엎드린 채로 움직이지 않았다.

등의 배낭이 먼지투성이가 되어 본래의 빛이 사라져 있었다. 쓰러진 곡괭이의 주둥이 끝이 모자가 벗겨진 머리 바로 옆에 있었다. 아아, 만약 저것이 몇 센티만 옆으로 떨어졌더라면, 이라고 생각하니 오싹해지면서…….

"괜찮아?!"

듣기 싫게 갈라진 목소리를 짜내며 나는 그녀를 불렀다.

"미사키!"

그리고 그녀를 향해 달려갔다. 그런데 지금 나에게 이 이상의 어떤 행동이 가능하지? 유령인 내가 메이를 위해 할 수 있는 행동이란 대체.

그녀를 일으키는 것?

그녀에게 응급처치를 하는 것?

대체 나는…… 아아, 정말 나는 어쩌면 좋지?

당황스럽고 초조한 마음에 머리가 이상해져버릴 것 같은데…….

미사키 메이의 몸이 움직이기 시작했다.

두 손으로 바닥을 짚고 무릎을 세우고는…… 자력으로 천천히 몸을 일으킨다.

"아아……."

나는 진심으로 안도의 소리를 흘렸다.

"미사키…… 괜찮니?"

"그런 것 같아요."

"다친 데는?"

"없는 것 같네요."

메이는 일어서서 모자를 주워 들고 더러워진 옷을 털었다. 오른쪽 팔꿈치의 붕대가 풀어져 있는 것을 보고 얼굴을 살짝 찡그리면서 전부 풀어버렸다. 그리고 바닥에 쓰러진 삽과 곡괭이를 내려다보더니, "으음. 느낌이 안 좋네"라고 한숨과 함께 중얼거렸다.

"하지만…… 그렇지. 여기가 요미야마 밖이라서 다행이었을까."

4

차고를 뒤로하고 역시 미사키 메이의 제안에 따라 우리는 미나즈키 호 부근까지 걸음을 옮겼다.

"작년에 여기에서 사카키 씨와 만났을 때……."

물가에 선 메이가 말했다. 눈부신 햇살을 반사시키며 잔잔한 물결이 일고 있는 호수 표면에 왠지 모르게 슬픈, 혹은 우울함을 품은 듯한 시선을 향하면서.

"그때 사카키 씨가 저의 왼쪽 눈에 대해 했던 말…… 요전에 말해주셨는데, 저도 분명히 기억하고 있어요. 인상적인 말이었거든요."

"아아……응."

—너의 그 눈, 그 푸른 눈.

그렇다. 나는 그때 이렇게 말했던 것이다.

—어쩌면 너는 그 눈으로 나와 같은 것을…… 같은 방향을 보고 있는지도 모르겠구나.

"같은 것, 같은 방향이라면, 그건 분명히 '죽음'을 말하는 거였겠죠. 그렇죠?"

메이는 내 쪽을 엿보며 "그렇죠?"라고 반복했다.

"왜 그렇게 생각하지?"

나는 되물었다.

"그도 그럴 것이…… 저의 이 인형의 눈에 보이는 것은 그 것밖에 없으니까요."

"죽음이 보여?"

"그 '색'이. 그래서……."

입을 다물고 메이는 천천히 오른손을 들어올린다. 손바닥 으로 오른쪽 눈을 가린다.

"그래서 그때 말했어요. 저하고 같다면 그건 아마도 그리 좋지 않은 일이라고 생각한다고."

그렇다. 이 소녀는 그때 이 물가에 서서 그렇게 말했다. 나 는 그 말을 아주 이상한 기분으로 듣고 있었다. 나는…….

"……사카키 씨의 시체."

다시 호수 쪽을 향하며 미사키 메이는 말했다.

"여기에 가라앉은 건 아닐까요?"

"이 호수에?"

그런 가능성을 상상해본 적은 나도 있지만.

"어째서 그런 생각을 하지?"

"바다보다도 이쪽이 그럴싸하다는…… 어울린다는 생각 이 들어서."

"어울려?"

"절반이 죽어 있잖아요, 이 호수. 그러니까 왠지 모르 게……."

목숨 있는 것이 존재하지 않는다는, 이 기수호바닷물과 민물이 층을 이루고 있는 호수의 '죽음의 바닥'에.

"하지만…… 그래서는."

"언젠가 떠오를지도 모르고, 그렇지 않을지도 모르죠. 확인해보고 싶어요? 확인해볼래요?"

"아……."

"유령이니까 그렇게 어려운 일은 아니잖아요. 산 사람이 잠수해서 찾으려면 힘들지만."

그 말을 듣고서 아, 그렇구나 하고 생각하면서도 나는 그 자리에서 꿈쩍도 하지 못했다.

요컨대 지금 여기에 있는 '삶의 잔상'을 벗어나서 '나'라는 의식(……혼?)만을 물밑으로 내려 보내면 된다, 그런 이론인가? 그러나.

대체 어떻게 해야 그렇게 할 수 있는지 짐작이 가지 않았다. 나는 유령으로서 이 '잔상'에 너무 사로잡혀 있는 것일까, 속박되어 있는 것일까.

호수에서 눈을 돌리고 천천히 고개를 젓는 나의 머릿속에…….

그날 밤의 그 목소리가(무슨 짓을…… 테루야) 또다시.

되살아나기 시작한다(……그만둬).

배어 나오듯이(……상관하지 마).

이것은…… 그렇다. 아마도 쓰키호의 목소리(그런 짓은…… 안 돼). 그 말에 대응하는 나의 목소리(상관하지 마……) (나는……더 이상).

이 의미를 파악하려고 하면 도망치듯이 목소리들은 사라져버린다. 그 대신 배어나오는 것은 그…….

거울에 비친, 숨이 끊어지던 순간의 내 얼굴.

나 자신의 그, 떨리는 듯한 입술의 움직임. 그리고 희미한 그 목소리.

"쓰, 카……"라는.

그것은, 그때 내가 하려고 했던 말은 전에 생각한 대로 역시 '쓰키호'일까. 간신히 '쓰'와 '키'까지는 발음했지만 '호'는 소리를 내지 못하고 기력이 다해버렸다? 그게 아니면…….

다른 가능성은?

뭔가 다른 말을 하려고 했을 가능성은?

초조함과도 비슷한 기분을 의식하면서 생각해본다.

예를 들면…….

예를 들면, 그렇다. 이 호수의 이름이다. 미나즈키 호…… 미나즈키 호.

머리글자 '미'와 '나'는 입술만 움직였을 뿐 소리로 나오지 않았고, 이어서 '즈'와 '키'만이 목소리로 나왔다. '즈'는 '쓰'로 들렸다. 남은 것은 '호'인데 이것도 모음은 'O'다. 마지막 그 입술 모양과 맞지 않는가.

마나즈키 호……

그렇지만 어째서 죽음 직전에 이 호수의 이름을 말해야 했지? ……아닌가. 이 가정은 아닌가.

그렇다면 역시 그건…….

"왜 그래요?"

미사키 메이의 물음에 문득 정신을 차렸다.

"새로 뭔가 떠오른 게 있나요?"

"아…… 아니."

그렇게 나는 대답했지만 이때 천천히…….

　　　　　　　　　　　　　　　　　　　　（……여기에）

어디에선가 다시 목소리가. 목소리의 조각이.

　　　　　　　　　　　　　　（하다못해……　여기에）

뭘까, 이건.

언제였던가, 확실히 이 목소리와 똑같은 목소리가…….

　　　　　　　　　　　　　　（……이 집에）

……쓰키호?

이 목소리도 역시 쓰키호의 것일까. ……설령 그렇다고 해도.

대체 언제…… 어떤 상황에서 그런 말을?

혼란에 빠져서 입을 다물어버린 나를 흘끗 보더니 미사키 메이가 말했다.

"가죠."

"어, 저기…… 다음에는 어디로?"

"집 안이요."

당연하잖아요, 라고 덧붙이고 싶은 듯 그렇게 대답하고서
메이는 호수에 등을 돌렸다.

"유령의 집 탐험이네요."

Sketch 7

　종교 이야기라든가 유령이 어떻고 하는 이야기는 접어두고 나는…….

　뭔데?

　나는…… 사람은 죽으면 어딘가에서 모두와 이어질 수 있지 않을까, 그런 생각을 하기도 해.

　'모두'라는 건 누구야?

　먼저 죽어버린 다른 사람들.

　죽어서 이어진다? 천국이나 지옥으로 가서?

　아, 그렇게 말고. 그런 얘기가 아니라.

　…….

　'집합적 무의식'이라는 건 아니?

　음…… 그건 뭔데?

　어떤 심리학자가 꺼낸 말이야. 사람의 마음속 가장 깊은 곳에 있는 무의식이란 것은 전 인류 공통의 '무의식의 바다' 같은 곳에 이어져 있지 않을까 하는, 그런 사고방식.

허어.

그의 말이 다 맞다고 생각하지는 않지만, 그래도 말이지, 나는 왠지 모르게 이런 생각이 들어. 사람은 죽으면 모두 그 '바다' 같은 것에 녹아 들어간다고. 그리고 그곳에서 모두와 이어져가는 게 아닐까 하고.

그러면 죽으면 나도 그곳에서 아버지하고 만날 수 있는 거야?

만날 수 있다, 라는 게 아니라 이어지는 거야. 이어져서⋯⋯ 뭐랄까, 혼이 하나로⋯⋯.

1

우리는 뒷문을 통해 집 안에 들어가고 거기서 앞쪽 홀로 향했다.

한낮이지만 2층까지 탁 트인 더블하이트의 이 공간은 넓이에 비해 창문이 적어서 전체적으로 어둑어둑했다.

빙글 하고 홀을 둘러보고 나서 미사키 메이는 조용히 걸어서 벽에 붙은 그 거울 앞에 선다. 그리고 살짝 목을 기울여서 거울을 바라본 뒤에 내 쪽을 돌아보더니 물었다.

"사카키 씨가 쓰러져 있던 곳은?"

"거기야."

나는 바닥을 가리켰다. 거울 바로 앞, 2미터가 조금 못 되는 지점.

"드러눕듯이 쓰러져서 얼굴을 거울 쪽으로 향하고……."

뒤틀린 각도로 부러져 굽어진 두 팔다리. 머리 어딘가에서 뿜어져 나오는 피에 더러워진 이마와 뺨. 바닥에 서서히 퍼져나가는 피 웅덩이…… 그날 밤의 그 참상이 생생하게 떠오른다.

메이는 고개를 끄덕이고서 그 지점을 향해 한 걸음 발을 내딛었다. 그리고 머리 위를 올려다본다.

"2층 복도의 저 부근이네요. 난간이 부서졌던 흔적이 있다는 곳이."

"그래."

"꽤 높은 곳이라 운이 나쁘면 정말 죽을지도 모르겠네요."

끄덕, 하고 다시 주억거리고서 메이는 "그래서"라고 말을 이었다.

"요전에 들려준 이야기 말인데, 사카키 씨는 죽기 직전에 무슨 말인가를 하려고 했죠. 그게 무슨 말이었어요?"

질문을 받고서 나는 있는 그대로 대답했다.

그때 봤던 내 입술의 움직임. 그때 들었던 내 목소리. 그 의미에 대해, 조금 전에 호반에서 생각하고 있었던 것도.

"목소리로 나온 것은 '쓰'하고 '키'……."

메이는 진지한 표정을 지으며 팔짱을 끼었다.

"'미나즈키 호'라는 건 상당히 무리가 있다는 기분이 드는데요."

"……맞아. 그러면 역시 '쓰키호'일까?"

그러나 그렇다면 대체 어째서?

"글쎄요……."

중얼거린 뒤에 메이는 뭔가 말을 덧붙이려 하더니 중간에 멈추고 "……그리고 말인데"라며 다른 말을 했다.

"저곳의 시계가……."

그리고 그 대형 추시계를 바라보았다.

"저 시계가 8시 반의 종을 치던 때에 누군가의 목소리가 들렸던가요? '테루야……'라고 이름을 부르는 목소리가."

그랬다. 작게 외치는 듯한 누군가의 목소리가 내 이름을
(테루야……).

"그건 누구 목소리였어요?"

미사키 메이는 물었다.

"예를 들면 쓰키호 씨의 목소리?"

"아니."

나는 고개를 저었다.

"아니야. 아니라고 생각해."

"그러면……."

석 달 전 그날 밤의, 그때……

그때. 그렇다, 나는 문득 깨달았던 것이다.

거울 안의 내가 죽어가던 광경. 그 한쪽 구석에 목소리를 발한 '누군가'의 그림자가 비쳐 있는 것을. 그 사람은…….

"그건 소우였어."

나는 대답했다.

"그때 계단 아래 부근에 소우가 있었어…… 멍하니 눈을 크게 뜨고 있었어. 그리고 '테루야…… 삼촌'이라고 내 이름을……."

그렇다.

그날 밤 쓰키호뿐만 아니라 소우도 이 저택에 와 있었다. 그랬으니 소우도 내 죽음을 목격했을 것이다.

그렇기에, 언제였던가, 내가 히라쓰카 가에 나왔을 때 소파에 드러누운 소우를 향해서 마음속으로 말을 걸었던 것은 아닐까.

─목격한 사람은 쓰키호만이 아니다.

─소우, 너도 보았다. 너도 그때 그 장소에서…….

"소우는 잊어버린 거군요."

메이가 혼잣말처럼 말했다.

"여기서 보고 들은 것이 너무나 큰 충격이었으니까."

2

2층으로 올라갔다.

수리한 흔적이 있는 난간을 확인한 메이가 "서재를 다시
한 번 보고 싶어요"라고 말했다. 나는 그러자고 했다.

사흘 전의 오후, 그녀와 조우한 그때의 광경을 떠올리고
나는 살짝 가슴에 손을 댄다. 이미 삶의 잔상일 뿐인 이 몸
의, 역시 잔상일 뿐인 심장의 고동이 두근두근하고 손바닥에
전해지는 듯한 이상한 감각에 사로잡힌다. 나는 먼저 방 안
에 들어가서 메이를 불러들였다.

사흘 전의 오후, 그때.

보이지 않을 내 모습을 보고, 들리지 않을 내 목소리를 듣
는다. 메이가 그런 '힘'을 지녔다는 것을 알고서 나는 깜짝
놀랐다. 아주 놀라고 아주 당황하고……. 그렇지만 분명히
그때 나는 놀람과 같은 정도의 기쁨을 동시에 느꼈던 것 같
다. 이대로 영원히 계속될지도 모르는 고독에서 한때나마 '구
출'되었다는 기쁨. 그렇다, 그런 기분이 확실히 있었다. 그래

서……

그랬기에 나는 그 뒤에 그런 식으로 망설임 없이 전부 나에 대해 털어놨던 것이리라. 열 살 정도 어린 이 소녀를 상대로.

장식 선반 위쪽의 올빼미 시계가 마침 시각을 고했다. 오후 4시.

앞쪽홀에서 그랬던 것처럼 여기서도 실내를 전체적으로 한 번 둘러본 뒤 미사키 메이는 조용한 발걸음으로 책상 앞으로 향했다. 책상 위의 워드프로세서에 눈길을 주고, 약간 고개를 갸웃하며 그 액자에 손을 뻗었다.

"추억의 사진인가."

메이는 중얼거리며 액자 옆에 놓인 메모지에 시선을 떨어뜨렸다.

"사카키 씨가 있고…… 야기사와 씨, 히구치 씨, 미타라이 씨, 아라이 씨. 이 중에 야기사와 씨와 아라이 씨는 '사망'이군요."

"그래."

얌전하게 응하는 내 쪽을 보면서 메이는 계속 물었다.

"그런데 죽었을 그 아라이 씨로부터 전화가?"

"그런 거야."

"이상하네요."

메이는 액자를 책상에 돌려놓고서 한쪽 뺨을 살짝 부풀

렸다.

"그 아라이라는 사람도 유령? 사카키 씨의 동료인 걸까요?"

메이는 책상에 나란히 놓여 있는 납작한 수납함에 눈길을 주었다. 수납함 위에는 무선 전화기가 있다. 충전기를 겸한 스탠드에 놓여 있다.

메이는 말없이 그 전화기를 집어들었다.

뭘까? 어디에 전화를?

그런데 메이는 "흐음" 하고 고개를 끄덕이더니 전화기를 스탠드에 돌려놓았다.

"그런 건가?"

"……그런 거라니?"

이쪽의 물음을 간단히 무시하고 메이는 나에게 물었다.

"2층에는 잠겨 있는 방이 몇 개인가 있다고 했죠? 엿보고 싶은데, 산 사람인 저도 가능한가요?"

"그건…… 아, 응."

나는 방의 구석에 있는 장식 선반을 가리켰다.

"저곳에 사물함이 있는데, 그 안에 열쇠가 몇 개 있어. 그 걸로 열 수 있을 거야."

3

문이 잠긴 방은 두 개. 양쪽 다 2층의 가장 구석진 곳에 있었다.

먼저 다른 장소─내가 쓰던 침실이나 옷장, 오랫동안 사용하지 않은 예비 침실들, 오디오며 카메라가 있는 취미실 등─를 전체적으로 둘러본 뒤 나는 미사키 메이를 그곳으로 안내했다.

서재의 사물함에서 꺼내온 열쇠 중 하나를 사용해서 메이가 문을 연다.

첫 번째 방은 언뜻 보기에 그저 창고 같은 공간이다. 정리용 서랍장이나 옷서랍장 종류가 벽 쪽에 쭉 늘어서 있고, 남은 공간에는 커다란 함 같은 상자들이 놓여 있다.

"여기는……"

고개를 갸웃거리는 메이에게 내가 설명했다.

"이 방에는 부모님의 유품을 모아두었어."

"사카키 씨의 아버지와 어머니?"

"어머니가 돌아가신 건 11년 전이야. 87년의 요미야마에서 닥친 그 재앙 때문이었지. 여름방학 전에 요미야마에서 도망쳐 나왔을 때 아버지는 이 방에 어머니 유품을……"

여전히 윤곽이 불확실한 부분도 적지 않은 과거의 기억을 더듬으면서 나는 말했다.

"그 뒤에 우리는 다시 다른 집으로 이사했지만, 아버지는 이 방을 그대로 두셨지. 그리고 6년 전에 아버지가 돌아가신 뒤에 내가 이 집에 이사 왔을 때는 아버지 주변의 물건을 이 방에…… 같이 두는 편이 좋겠다고 생각했거든."

"그렇구나."

짧게 대답하고 미사키 메이는 오른쪽 눈을 가느다랗게 떴다.

"사이가 좋았나 보네요, 사카키 씨 아버지와 어머니는."

"……."

"그리고 사카키 씨는 그런 아버지와 어머니를 아주 좋아했군요."

후우, 하고 어째서인지 견딜 수 없다는 듯한 숨을 내쉬고서 메이는 물었다.

"여기에 시체는 없는 거죠?"

"없어…… 없었어."

나는 천천히 고개를 저었다.

"서랍장도 상자 안도 찾아봤지만 어디에도 내 시체는 없었어."

이어서 미사키 메이가 문을 연 방은 첫 번째와는 분위기가 또 다른 '과거의 방'이었다.

발을 들이고 실내의 모습을 보자마자…….

"아아……."

놀라움으로도 탄식으로도 파악할 수 없는 목소리가 그녀의 입에서 흘러나왔다.

"……이건."

그 방을 알고 있는 내가 다시 봐도 그 방의 모습은 어떤 종류의 이질적인 것이었다.

그리 넓지 않은 방이었지만, 창문 있는 벽 외의 모든 벽에 신문 잡지의 스크랩이나 복사본, 사진, 손으로 쓴 글씨가 적힌 커다란 모조지 등이 붙어 있었다. 방 한복판에는 길쭉한 책상이 하나 놓여 있고, 그 위에도 신문이나 잡지, 노트나 바인더 종류가 아무렇게나 놓여 있다.

"이건……."

메이는 천천히 벽 쪽으로 걸어가서 붙어 있는 스크랩 중 한 장에 얼굴을 가까이 가져갔다.

"'중학교 남학생이 교내에서 변사. 학교 축제 준비 중에 발생한 불우한 사고인가.' ……요미야마에서 일어난 사건? 1985년 10월…… 13년 전인가? 이쪽은 더 오래전 기사네요."

그리고 다른 한 장의 스크랩에 시선을 옮겼다.

"1979년 12월. '성스러운 밤의 비극. 민가 절반이 불에 타

1명 사망.' ……화재 원인은 크리스마스 케이크의 촛불에 있었나? 죽은 사람 중 한 명이 요미키타 학생이었던 모양이네요. 79년이라면 어쩌면 치비키 씨가 3반 담임이었던 해인지도…….'

"치비키 씨?"

"지금은 도서관 사서지만 당시에는 사회 선생님이었어요. 이름 들어본 적 없나요?"

"……기억나지 않아."

"그렇군요."

"87년 버스 사고에 대한 기사도 저기 있어."

나는 그 기사가 붙어 있는 쪽을 가리켰다.

"다른 기사도 전부 과거에 요미야마에서 일어난 사고나 사건에 관련된 것뿐이야. 87년보다 나중의 것도 있어. 모조지에 적혀 있는 것은 사건 사고를 연도마다 정리해놓은 표야. 이쪽에 있으면서 손에 넣을 수 있는 정보는 한정되어 있으니 완벽한 것은 아니라고 생각하지만."

"사진은? 사카키 씨가 찍은 건가요?"

"아, 응. 나중에 사건 사고의 현장이나 그 부근을 실제로 보러 가기도 해서…… 그때 찍은 거지."

메이는 다시 "아아……" 하는 소리를 흘리더니 가느다란 어깨를 자신의 두 팔로 끌어안는 몸짓을 하며 부르르 몸을 떨었다. 그러고 나서 한동안 벽을 따라 걸으며 벽에 붙어 있는 많은 것들을 눈으로 좇았다. 그러다가 이윽고 마음을 가라앉힌 듯이 큰 한숨을 내쉬었다.

"전부 사카키 씨가 모은 거군요. 요미키타의 재앙에 관계된 정보나 자료를 이렇게 여기에 수집하고 있었군요."

"그런 얘기지."

나는 고개를 끄덕였지만 자료를 모으던 과거에 대해 그리 생생한 실감은 느끼지 못했다. 감촉이 말라 있다고 표현해야 할까. 분명히 '사후 기억상실'의 후유증일 것이다.

"조금 전에 너에게도 들었지만, 11년 전 요미야마에서 겪은 경험을 나는 계속 마음에 두고 있었던 것이겠지. 그렇다고 해도 그 후 요미키타에서 계속 일어나고 있는 재앙을 어떻게든 막아야지 하는 식의 마음이 있었던 게 아니라…… 어떻게 말해야 할까, 나는 이제 관계없는 일이라 해도 도저히 잊을 수가 없어서, 신경 쓰여서…… 그래서."

─도저히 잊을 수가 없어서, 신경 쓰여서…… 그래서.

"사로잡혀 있었던 것처럼?"

메이의 어휘가 날카로움을 띠었다. 나는 시선을 내리면서 말했다.

"사로잡혀…… 있었는지도 몰라."

"11년 전에 휘말렸던 재앙에. 그때 보았던 죽음에."

─사로잡혀서…… 그렇네. 그런 건지도 몰라.

"거기서 좀 더 범위를 넓혀서 25년 전부터 요미키타에서 벌어지고 있는 재앙의, 그 전체에……."

─으응…… 확실히 그럴지도 몰라.

"사카키 씨는 계속 사로잡혀 있었다, 사로잡힌 채로 지냈다……."

"……그럴지도 모르겠어."

잠시 후 우리는 이 '재앙 기록의 방'을 뒤로했지만, 그때 미사키 메이는 문 옆의 벽에 시선을 주며 문득 발을 멈췄다. 그곳에는 빛바랜 크림색 벽지에 검은 유성펜으로 쓴 글자가 있었다.

너는 누구?
누구였을까.

틀림없는 나=사카키 테루야의 필적으로.

4

"석 달 전, 문제의 5월 3일 밤에 사카키 씨가 죽었을 때……."

계단을 향하던 도중에 메이가 말했다.

"그때 이곳에 쓰키호 씨가 와 있었던 것은 확실하겠죠?"

"그건…… 응. 쓰키호 누나하고 나의 대화…… 어쩐지 격한 언쟁 같은 목소리가 지금도 이따금씩 되살아나거든. 그건 분명 그날 밤의……."

"왜 쓰키호 씨가 사카키 씨를 찾아온 걸까요?"

"생일이었기 때문일 거야."

질문에 대해 나는 내 생각을 그대로 이야기했다.

"그날은 내 생일이었으니까. 그래서 소우를 데리고 아마 뭔가 선물을 가지고 오지 않았을까 해. 그래서 그때 소우도 같이……."

……거울에 비쳐 있던 소우의 모습.

"테루야…… 삼촌"이라고 내 이름을 부르던 그 아이의, 작게 외치는 듯한 목소리. 몹시 놀란, 몹시 겁에 질린…… 멍하니 눈을 크게 뜬 그 아이의 얼굴.

"두 사람이 이 저택을 찾아와서 집 안에 들어왔을 때 사카키 씨는 어디에서 무엇을 하고 있었는가. 거기서 대체 무슨 일이 벌어졌는가."

절반은 자문하는 투로 말하고 메이는 내 반응을 살폈다.

"역시 아직 기억나지 않나요?"

"……"

나는 말없는 채로 고개를 끄덕이지도 젓지도 않고…….

(무슨 짓을……)

(무슨 짓을…… 테루야)

(……그만둬)

(……상관하지 마)

(그럴 수가…… 안 돼)

(상관하지 마……)

(나는…… 더 이상)

그날 밤 쓰키호와 나 사이에 오간 말을 의식적으로 끌어내고 그 의미를 파악하려고 한다.

새삼 냉정하게 생각해보면 의미하는 바는 하나라는 생각이 들었다. 즉…… 아니, 하지만.

그것은 어차피 상상이나 추측일 뿐이다. '기억해냈다'라는 달성감, 실감을 도저히 느낄 수 없는 것이다.

"그 일기장 외에 뭔가 눈에 띄는 것이나 뭐 별다른 건 없나요?"

앞쪽홀에 내려왔을 즈음에 미사키 메이가 물었다.

"글쎄……"

"예를 들면 카메라라든가요."

대답이 궁해진 나를 보며 그녀는 말했다.

"2층에 있는 취미방에는 카메라가 몇 대나 있었는데, 어느 것을 봐도 어쩐지 오래된 수집품이라는 느낌이었어요."

"아, 그랬던가."

"작년 여름에 바닷가에서 만났을 때 수동식 카메라를 가지고 있었죠? 상당히 오랫동안 애용해온 카메라 같았는데. 취미방에는 그 카메라가 없었던 것 같아요. 서재나 다른 방에서도 보이지 않았고……."

솔직히 나로서는 잘 알 수 없었다. 이제까지 신경 쓴 적이 없는 문제였으니까.

아무런 대답도 하지 못하자 메이는 "알았어. 이젠 됐어"라고 말하는 듯한 움직임으로 입구 홀을 가로질러 가더니 "서고는 저쪽인가요?"라며 안쪽을 가리켰다.

"잠깐 살펴보고, 그런 뒤에 지하실도 들르죠. 조금 더 같이 움직여줘요, 유령 씨."

5

"……굉장하네. 마치 학교 도서실 같아. 다양한 책이 있네요."

빼곡히 늘어선 서가 사이를 걸어다니면서 미사키 메이는

아이처럼 천진하게 말했다.

"원래부터 아버지의 장서가 많았거든."

"어려운 책도 많네…… 여기에 있는 것만으로 세상의 비밀을 전부 알 수 있을 것 같은 기분이 든 적 있나요?"

"글쎄."

메이의 뒤를 따라가면서 나는 대답했다.

"전부 아는 건 불가능하겠지. 하지만…… 응, 가끔씩 그런 기분이 들 때가 있었던 것 같기도 해."

"호오."

메이는 돌아보고 조금 고개를 기울이면서 말똥말똥 이쪽을 쳐다보았다. 나는 어쩐지 몹시 당황했다.

"어, 저기…… 이상한가, 그런 게?"

"별로요."

메이는 오른쪽 눈을 깜빡인다. 그리고 입술에 흐릿한 미소를 머금었다.

"저도 경험이 있거든요. 그런 경험."

이러저러하다가 우리는 서고를 뒤로했고…….

"이쪽이야."

일단 앞쪽홀로 돌아와서 뒷문 쪽으로 이어지는 복도로 발을 들였다. 조명을 켜지 않은 낮이라 어둑한 탓에 못 보고 지나칠 뻔한 진한 갈색 문을 도중에 발견했다.

"여기!"

나는 메이를 불렀다.

"지하엔 이쪽을 통해서 갈 수 있어."

오래된 문손잡이를 돌려서 문을 열자 그곳은 언뜻 보기에는 텅 빈 창고 같았지만 그 안쪽에는 지하로 이어지는 계단이 있었다.

메이를 위해 조명을 켜주고서 내가 앞서 그 계단을 내려갔다. 삶의 잔상인 왼쪽 다리를 여전히 조금 끌면서.

계단 아래에는 또 문이 있고, 이 문을 지나면 짧은 복도가 나온다. 바닥도 벽도 천장도 잿빛 모르타르로 이루어진 참으로 살풍경한 공간이었다.

한편에 두 개의 문이 거리를 두고 늘어서 있다. 막다른 곳에는 낡은 가구류가 아무렇게나 쌓여 있다.

"평소에는 쓰이지 않았나 봐요."

미사키 메이가 말했다.

"선선하지만, 먼지가 많아 보여……."

그러고는 반바지 주머니에서 손수건을 꺼내 코와 입에 댄다. 모자를 깊숙하게 눌러쓴다.

우리는 두 개의 문을 순서대로 열고 안을 확인해갔다.

"보다시피 여기는 완전히 잡동사니 창고 같은 곳이야."

눈앞의 방을 말하는 것이었다.

안쪽 벽의 천장 가까이에 채광창이 늘어서서 바깥의 빛이 비쳐들기 때문에 조명을 켜지 않아도 실내는 어렴풋이 밝았다. 내가 말한 대로 더러운 양동이나 대야, 호스, 나무판자 조각이나 노끈, 왜 여기 있는지 알 수 없는 돌맹이나 벽돌…… 문자 그대로 잡동사니들이 바닥에 굴러다니고 있다.

메이는 복도에서 들여다보기만 하고 실내에 발을 들이려고도 하지 않았다.

"여기에도 시체는 없었군요."

그러더니 메이는 문을 연 채로 놔두고 물었다.

"이 옆방은요?"

"뭐, 별다를 것 없다고 해야 할까."

나는 두 번째 문을 열었다.

옆방과 마찬가지로 바깥의 빛이 비쳐 들어오는 덕분에 어렴풋이 밝다. 그런데 옆방과는 달리 이 방의 채광창에는 전에 이 방이 어떤 목적으로 사용되었는지 그 흔적이 남아 있었다.

창문 위쪽에 커튼레일이.

그 레일의 양쪽 가장자리에 두툼한 검은 커튼이.

"암실……."

메이가 중얼거렸다.

"사진을 현상하고 있었어요? 여기에서."

"옛날에는."

대답하고 나는 걸음을 내딛었다.

"원래 사진은 아버지에게 물려받은 취미였어. 아버지는 옛날에 지하의 이 방을 암실로 삼아서 직접 필름 현상이나 사진 인화도 하셨지."

"아버지가 돌아가신 뒤에는 사카키 씨도 여기에서?"

메이도 방으로 들어왔다.

"이 집에 살기 시작한 초반의 잠깐 동안만. 당시에는 아직, 흑백사진도 비교적 많이 찍었으니까. 그 현상을 여기에서 한거지. 하지만 이내 거의 컬러사진만 찍게 되어서."

"컬러사진 현상은 직접 하지 않았던 건가요?"

"흑백하고 컬러는 많이 달라서. 컬러가 더 힘들거든."

"아, 그래요?"

"그래서 그 이후로 이 암실은 방치한 채로 내버려두고 있었지."

"……그렇구나."

방 한가운데에는 먼지를 뒤집어쓴 커다란 책상이 있고, 상자 형태의 세이프라이트가 있고…… 그 밖에도 여러 가지, 예전에 쓰였던 현상용 설비나 도구가 손질도 되지 않은 채로 남아 있었다. 옆방의 잡동사니 창고보다도 오히려 이쪽이 폐허감이 짙다는 느낌마저 들었다.

"물론 이 방도 구석구석 조사해봤지만. 시체는 어디에도 없어. 없었어."

나는 한숨 섞어 말했다.

"······그렇군요."

메이는 끄덕이고, 그런 뒤에 잠시 실내를 슬슬 걸어다니더니 암막이 남아 있는 채광창을 마지막으로 한 번 올려다보고는 팔짱을 끼었다.

"조금 전의 저 방이 옆에 있고, 여기에 이 암실이 있고······으음."

팔짱을 풀면서 흘끗 내 쪽을 보았다.

"이 저택의 평면도······ 같은 건 없겠죠?"

"없다고 생각해."

나는 진지한 얼굴로 고개를 저었다.

"적어도 나는 그런 건 본 적이 없네."

6

두 번째 방에서 복도로 나오자 메이는 다시 한 번 옆방을 들여다보더니 이번에는 안에 들어가서 잡동사니 사이를 잠시 어슬렁거렸다. 이윽고 복도로 나오더니 다시 팔짱을 끼고서 말없이 한동안 고개를 갸웃거렸다.

이때가 되자 나도 어쩐지 머리 한구석이 근질근질하는 위화감을 느끼기 시작했다. 그러나 이윽고 메이가 "갈까요"라고 말하며 계단 쪽으로 발걸음을 돌렸다.

"여기에서는 이 이상 어떻게 할 방법도 없으니……."

메이가 중얼거리는 소리가 들렸지만, 무슨 뜻인지 묻지도 못하고…….

우리는 다시 앞쪽홀로 돌아왔다.

시간은 이미 오후 5시 반이 지나 있었다. 슬슬 해질녘이 가깝다.

7

오늘은 이만 돌아가야 한다고 미사키 메이는 말했지만 나는 잠시 동안 그녀를 붙들었다.

"저기 말이야. 갑자기 이상한 걸 물어도 될자……."

앞쪽홀로 일단 돌아와 6시 6분에 멈춰 있는 대형 추시계 옆에 서서…… 나는 메이 쪽을 바라보았다.

"사랑을 해본 적이 있니?"

"네?"

움찔하는 메이는 색이 다른 두 눈을 껌뻑였다.

"사랑? 사랑이라뇨……."

갑작스런 질문에 당연히 깜짝 놀랐으리라. 물어본 내 쪽도 놀랐고…… 아니, 그렇다기보다 몹시 당황했다. 내가 대체 왜 그런 질문을 한 것인지 스스로도 알 수 없었던 것이다.

"……어떤 걸까. 으음."

미사키 메이는 고개를 크게 기울이며 생각에 잠겼다.

"저기…… 그게."

나는 수습할 말을 찾던 중에 갑자기 또 다른 질문이 떠올라서 다시금 생각해볼 겨를도 없이 그 질문을 소리로 내뱉었다.

"너는…… 빨리 어른이 되고 싶어? 아니면 되고 싶지 않아?"

메이는 다시 눈을 껌뻑이더니 "으음" 하고 이번에는 살짝 고개를 갸웃거렸다. ……이윽고.

"딱히 어떻게 되든 상관없어요."

조용히 그녀는 대답했다.

"되고 싶든, 되고 싶지 않든 어떻게 생각하더라도 언젠가 어른이 되어버리는 법이니까요. 살아 있다면."

"……."

"사카키 씨는요?"

질문을 받은 나는 대답이 궁해졌다.

"어른이 되고 싶었어요, 되고 싶지 않았어요?"

"그건⋯⋯."

— 되어봤자 그리 좋은 일은 없어.

"나는⋯⋯."

— 나는 돌아가고 싶어, 어렸을 적으로.

"⋯⋯돌아가고 싶어, 어렸을 적으로."

"흐음⋯⋯ 어째서요?"

"아아, 그건⋯⋯."

— 기억해내고 싶기 때문일까?

"그러면 사랑은?"

"어?"

"사랑을 해본 적은?"

허둥지둥하며 대답을 찾는 나를 미사키 메이는 오른쪽 눈을 시원스럽고도 가느다랗게 뜨고 응시한다.

"없어요?"

거듭된 그녀의 질문에,

"아니⋯⋯ 있을까."

입에서 나오는 대로 나는 대답했다.

"하지만 말이지⋯⋯."

— 나에겐 그 질문에 대답할 자격이 없을지도 몰라.

"⋯⋯기억해낼 수 없으니까."

─제대로 기억해낼 수 없어. 그러니까⋯⋯.

미사키 메이는 오른쪽 눈을 가느다랗게 뜬 채로 이상하다는 듯 또 살짝 고개를 갸웃거렸다.

8

"저기 말이야, 너는⋯⋯."

몇 초의 공백 뒤에 다시 목소리를 내뱉으려 하려는 참에 메이의 시선이 내가 아니라 벽 쪽에 놓인 전화기 쪽으로 향하는 것을 깨달았다. 무선 전화기의 본체가 그곳에 있었다.

메이는 전화기 앞까지 걸어간다. 말없이 검은 전화기를 내려다보고, 그런 뒤에 이쪽으로 눈을 들며 말했다.

"이 전화로 그 아라이 씨의 메시지를 들은 거군요."

"응, 맞아."

질문의 의도를 파악하지 못한 채 나는 대답했다. 그러자 그녀는 어쩐지 납득한 얼굴로 끄덕였다.

"서재에 있던 전화기, 배터리가 다 떨어져 있었어요."

"어⋯⋯ 아, 그랬어?"

"네. 그러니까 분명히 그건 전화벨이 울리지 않았을 거고⋯⋯."

이미 사망했을 옛 친구, 아라이 모 씨. 그런데 어째서 그이름을 쓰는 남자에게서 전화가 걸려왔던 것일까.

이 수수께끼에 대해서 메이는 뭔가 생각이 있는 것일까. 그것을 물어보기 전에.

"아라이의 전화에 대해서는 말이야, 왠지 이런 식으로 생각이 되는데……."

여전히 애매모호한 부분이 많아서 전체상을 파악하지 못한 나의 '마음' 속에서 한 가지 생각을 끄집어냈다.

"사람은……."

나는 말했다.

"사람은 죽으면 말이지, 어딘가에서 모두와 이어질 수 있지 않을까…… 하고."

"죽어서, 이어진다?"

미사키 메이는 조금 전과 마찬가지로 한껏 고개를 기울인다.

"그런 건가요?"

"그런 생각을 하기도 했어, 나는."

"그건…… 언제부터?"

"죽기 전…… 아마도 훨씬 전부터."

"……."

"실제로 나는 죽은 뒤에 이렇게 유령이 되어버렸지…… 하지만 전에도 말한 기분이 드는데, 이 상태는 분명 본래의 '죽음의 모습'이 아니라고 생각해. 이렇게 어중간한, 부자연스럽고 불안정한 상태라니."

"그래서 어쨌든 행방을 알 수 없는 자신의 시체를 찾고 있다. 그런 얘긴가요?"

"맞아. 그러니까 시체가 발견되어서 사카키 테루야가 죽은 자로서 제대로 추도받게 되면 나는 비로소 그때 올바른 죽음을 맞이할 수 있어. '본래의 죽음'에 이를 수 있어…… 그런 기분이 들어."

"흐음. 왠지 모르게 거기까진 이해할 수 있다는 기분이 드네요."

메이는 전화기에서 떨어져서 나에게서도 거리를 두고 앞쪽 홀 중앙에 섰다.

해질녘, 드디어 어둑어둑해지기 시작한 공간에 있던 이때 메이의 모습이 어쩐지 나와 마찬가지로 실체를 갖지 않은 '잿빛 그림자'로 보였다.

"사람은 죽으면 어딘가에서 모두와 이어질 수 있지 않을까."

나는 그 말을 반복했다.

"'모두'는 누구?"

"먼저 죽어버린 다른 사람들. 사람은 죽으면 전 인류 공통의 '무의식의 바다' 같은 것에 녹아들어 가고, 거기서 모두

가 서로 이어지는 게 아닐까. 저기, 넌 어떻게 생각하니?"

'잿빛 그림자'는 미동도 하지 않고, 소녀는 아무런 대답도 하지 않았다. 나는 말을 이었다.

"나는 석 달 전에 죽었지만, 아직도 이런 모습이라서 '바다'에 녹아들지 않는 거야. 그렇다고 해도 죽은 것 자체는 확실하니까 때때로 불완전한 '연결'이 생겨날지도 몰라. 즉, 그것이……."

"흐흠."

메이는 다시 흘끗 전화기 쪽을 보더니 말했다.

"그 연결이란 게 아라이 씨한테서 걸려온 전화였다?"

"그래."

나는 끄덕였다. 나 자신도 아직 반신반의하고 있지만.

"그 전화를 걸어온 아라이는 역시 이미 죽은 사람이야. 아마도 11년 전 그 재앙에 의해서. 내가 죽음으로써 그 녀석과 나 사이에 죽은 자 간의 연결이 생겨나고, 그래서……."

"사카키 씨에게 전화를 걸어온 것이다……."

"그런 것치고는 어쩐지 죽은 사람 같지 않은 메시지였지만…… 뭐, 이건 어디까지나 하나의 가설이니까."

"상당히 대범한 가설이네요."

미사키 메이는 다시 팔짱을 끼었지만, 이때 잿빛 그림자로 화한 그녀의 표정은 볼 수 없었다.

9

이제 정말로 돌아가야 한다며 급히 뒷문으로 향하는 메이를 따라 집 밖으로 나왔다.

"내일 또 만날 수 있을까?"

어제하고는 반대 상황이구나, 라고 의식하면서 나는 조심스럽게 물었다. 메이는 멈춰 서서 돌아보았다. 그 순간 뺨에 희미한 미소를 지은 듯한 기분이 들었다.

"내일…… 여기서 다시."

어째서 그런 말을 꺼냈는지 스스로도 신기했다. 메이와 만나서 오늘처럼 함께 '시체 찾기'를 하려는 것일까. 아니면…… 아니, 딱히 이유 같은 것은 무엇이 되든 좋다.

어렵게 생각하지 않기로 하고, "올 수 있니?"라고 나는 상대의 반응을 살폈다.

"으음…… 내일은."

메이는 모자를 깊숙하게 눌러쓰면서 말했다.

"낮에는 이런저런 일들이 있어서 어떻게 될지…… 오후 늦게라면 괜찮으려나. 4시 반 정도라든가."

"아아…… 그러면 그렇게 할까."

"유령 씨 쪽은 어때요?"

그녀는 장난치는 듯한 투로 물었다.

"그 시간에 나올 수 있어요? 무리한 일은 아닌가요?"

"저기, 그건……."

정해진 시간, 정해진 장소에 나오고 싶어도 그렇게 할 수 있다고 단언할 수는 없다. 그러나 적어도 오늘은 생각대로 나올 수 있지 않았는가. 그렇다. 그러니까 '노력'하면 분명히 내일도…….

"노력해볼게."

그러자 메이는 인형의 눈이 아닌 쪽 눈을 조금 동그랗게 뜨고는 "그렇구나"라고 중얼거렸다.

"알았어요. 그러면…… 내일 4시 반이요."

"조금 전의 홀에 있도록 할게. 들어와."

"……알았어요."

메이는 빙글 하고 발길을 돌렸다.

검붉은 저녁 하늘 아래를 걸어서 떠나가는 소녀의 뒷모습을 바라보며 나는 가슴에 손을 댄다. 전해져오는 삶의 잔상의 작은 고동. 어째서인지 그것이 조금 흐트러지며 움찔! 하고 튀어오르는가 싶더니 급격히 사라져간다……. '공허한 어둠'이 입을 벌린다. 막무가내로 '나'를 삼켜버린다.

Sketch 8

사랑은 어떤 느낌이야? 즐거워? 괴로워?

그건…… 아, 아니, 나에겐 그 질문에 대답할 자격이 없을지도 몰라.

어째서?

……기억해낼 수 없기 때문이야.

…….

제대로 기억해낼 수 없어. 그러니까…….

……어째서?

…….

어째서 기억해낼 수 없어? 그렇게 누군가를 아주 좋아했던 일을.

아주 좋아했다…… 응, 그건 확실하고, 기억하고 있어. 아주…… 좋아했다고 생각해. 하지만…….

하지만?

기억해낼 수 없는 거야. 대체 누가 그 상대였는지, 도저히.

1

다음 날인 8월 2일.

전날의 약속대로 나는 호반의 저택에 나왔다.

장소도 전날에 말한 대로 1층의 앞쪽홀이었다. 시간도 아마 말했던 대로일 거라고, 그렇게 직감했다.

여전히 멈춰 있는 홀의 대형 추시계로는 확인할 수 없지만, 귀를 기울여보니 2층에서 부엉, 하는 소리가 들린다. 서재의 올빼미 시계다. 4시 반. 아마도 틀림없을 것이다.

미사키 메이는 아직 오지 않았다.

5월 17일 오후, 사후 처음의 '기상'을 경험한 그때와 마찬가지로 나는 이 대형 홀의 그 거울 앞에 서 있다. 죽을 때의 내가 나 자신의 죽어가는 모습을 그 안에서 목격한 거울 앞에…….

……그러나.

이제까지와 마찬가지로 역시 거울에 내 모습은 비치지 않는다. 나 이외의 모든 것은 있는 그대로 비치고 있는데.

이런 상태에는 이미 익숙해져 있지만, 그렇게 의식하니 더더욱 이런 나의 모습을 볼 수 있는 그 소녀, 미사키 메이의 존재가 이상하게 생각되기 시작했다. '죽음'이, 그 '색'이 보인다는 그 소녀의 푸른 눈동자에 나는 대체 어떤 식으로 비치는 걸까.

거울 앞에 선 채로 메이가 오기를 기다렸다. 그러나.

한동안 시간이 흘러도 그녀는 오지 않았다.

그래도 계속해서 기다렸다.

정적 속에 올빼미 시계의 부엉, 하는 울음이 다섯 번 연속으로 들려왔다. 오후 5시.

어째서일까. 오후의 용무가 길어지거나 해서 늦는 것일까.

가만히 있어봤자 소용없지. 나는 거울 앞을 벗어나려 했다. 그러자 어째서인지 그 순간에.

5월 3일 밤, 내가 여기서 죽었을 때의 그 광경이 갑자기 눈앞의 거울 안에 나타났다. 마치 누군가의 의지에 의해서 다시 비춰진 재현 영상처럼.

2

시커먼 바닥에 드러눕듯 쓰러진 나=사카키 테루야의 몸.

하얀 긴소매 셔츠에 검은 바지. 어쩐지 중학생이나 고교생 같은 복장을 하고. 뒤틀린 각도로 부러진 채 내팽개쳐진 두 팔다리, 움직이려고 해도 이미 전혀 움직여지지 않는다.

뒤틀리듯이 바로 옆을 향한 얼굴. 머리의 어딘가가 깨져서 뿜어져 나온 피가 이마와 뺨을 붉게 더럽히고, 바닥에 서서히 피 웅덩이가……

……이윽고.

뒤틀린 듯 일그러진 채 굳어 있던 표정이 풀리고, 고통에서도 공포나 불안에서도 자유로워진 듯한, 이상할 정도로 평화로운 표정으로…… 그리고.

입술이 움직인다.

희미하게. 떨리듯이.

목소리가, 거울 안에서 들려온다.

"쓰, 키……"라고.

목소리가, 거울 안에서 들려온다.

8시 반을 고하는 중후한 종소리. 그 소리에 겹쳐지듯이.

"……앗."

작게 소리치는 듯한 목소리가.

"아앗!"

이것은 소우의 목소리. 내 이름을 부른다.

"……테루야…… 삼촌."

소우의 목소리다. ……거울 구석에 비친 그 아이의 모습.
그 아이의 얼굴. 몹시 놀란,

"테루야, 삼촌?"

몹시 겁에 질린,

"테루야 삼촌!"

멍하니 눈을 크게 뜬 그 아이의.

"테루야…… 삼촌."

나는 자기도 모르게 거울에 비친 소우의 모습, 그 실체가
있어야 할 곳을 돌아보고 만다. 2층으로 이어지는 계단 입구
부근을……. 그러나 물론 지금 그곳에는 누구의 모습도 없
다. 있을 리 없다.

눈을 돌리자 거울 안의 영상도 이미 사라져 있었지만…….

문득 뭔가 두려움을 동반한 예감이 부풀어 올랐다. 나는
황급히 거울 앞에서 벗어나 홀 중앙까지 물러섰다. 그러자
이번에는…….

요란한 소리가 갑자기 위쪽에서 들려왔다.

올려다보니 2층의 복도 난간이 부서져 있고, 거기서 거꾸
로 떨어지는 사람의 모습이…….

……나다.

저것은 나다. 내 모습이다.

석 달 전 그날 밤의 모습. 방금 전 거울 안에서 재현된 장

면의 시간보다 조금 전 시간에 있었던.

거울 앞에 낙하한 나=사카키 테루야의 몸은 차마 볼 수 없어 나는 다시 위쪽을 보았다. 부서진 난간 너머에서 사람의 형체가 흔들렸다. 저것은······.

저것은, 쓰키호인가.

바닥에 두 손을 짚은 자세로 그녀는 텅 빈 공간에 고개를 내밀고 홀의 바닥을 들여다본다. 그 순간.

"힉······!"

가느다란 목소리를 흘렸다. 이어서 크게 입을 벌렸지만 비명이 나오진 않고 목이 막힌 듯한 소리만이 들렸다. 창백한 얼굴이 보였다. 혼란에 빠져 초점을 잃은 눈의 움직임이 보였다.

"쓰키호····· 누나."

이것은····· 이것도 역시 환상이다. 조금 전에 거울 안에 보였던 것과 같은·····. 내 기억의 단편이 모여 그날 밤을 재구성해서 그곳에 연출해놓은 환상의 광경인 것이다.

그렇다고 알고 있기는 해도 나는 부르지 않을 수 없었다. 쓰키호가 있는 2층의 복도로 향하지 않을 수 없었다.

계단을 뛰어 올라갔다. ······그러나 그 도중에.

시간이 더욱 역행하고 있음을 깨달았다.

"······무슨 짓을."

그런 쓰키호의 목소리가 들렸던 것이다.

계단 위 2층 복도에서. 이제까지 몇 번이나 되살아날 듯 하면서도 그 의미를 파악하지 못했던 그 목소리가. 그리고…… 그렇다. 상상이나 추측은 하면서도 실감적으로 떠올리지 못했던 광경이 그곳에…….

"무슨 짓을…… 테루야."

계단을 올라가서 한동안 복도를 달려가자 앞쪽에 두 인물의 모습이 보였다.

하나는 쓰키호.

다른 하나는 나=사카키 테루야.

두 사람은 복도 안쪽에서 이쪽을 향해 이동해 온다. 비틀비틀하는 불안한 발걸음의 테루야를 쓰키호가 뒤쫓아 가서 강하게 제지하려 하는 듯한…….

"아아…… 그만둬."

쓰키호가 팔을 붙들며 말하자 테루야는 그 팔을 뿌리치며 쓰키호를 밀쳐냈다.

"더 이상…… 상관하지 마."

"무, 무슨 소릴 하는 거니?"

"내버려둬도 된다고."

테루야는 귀찮다는 듯이 말대답했지만, 발걸음과 마찬가지로 발음도 불안했다.

"난 말이지, 이제……"

이제 죽고 싶어, 라고 그=나는 말하고 싶은 것이다. 그러니까 상관하지 말라고, 내버려두라고.

"……그럴 수가."

다시 팔을 붙드는 쓰키호. 팔을 뿌리치는 테루야.

"이젠 됐어, 나는."

"이럴 수가…… 안 돼."

홀의 빈 공간을 돌아 나가는 부분에 접어들 즈음에 두 사람의 언쟁이 심해진다.

테루야의 발걸음은 더욱더 비틀거렸지만, 쓰키호의 손을 뿌리치려는 움직임은 완고했다. 그래도 쓰키호는 쫓아가서 열심히 테루야를 말리려고 한다. 그런 두 사람의 힘의 균형에 위험이 생겨나고 있었다.

"상관하지 마……."

쓰키호의 손을 뿌리치려고 하는 테루야.

"나는…… 더 이상."

"안 돼!"

짧게 외치며 제어하는 쓰키호.

이때 힘 조절을 못한 테루야의 몸짓이 그 자신의 파멸을 불렀다. 몸을 비틀며 쓰키호의 손을 뿌리치려고 했지만, 힘이 과해서 크게 비틀거리고 홀의 빈 공간에 접한 복도 난간에 등부터 쓰러졌던 것이다.

오래된 탓인지 낡아 있던 난간이 불행히도 그 충격에 부서져버렸던 것이다. 자세를 바로잡을 새도 없이 테루야의 몸은 그대로 아래로 추락하고…….

……

……이것이.

이것이 나=사카키 테루야의 죽음의 진상일까? 그런 것일까?

생각한 순간 환상은 사라져 있었다.

나는 어슬렁어슬렁 복도를 나아가서 난간의 상태를 확인한다. 그것은 이미 새 나무판을 대서 수리한 현재의 상태로 돌아가 있었다. 난간 너머로 내려다봐도 추락한 테루야의 몸은 어디에도 없고…….

이때 다시 목소리가 들려왔다.

"테루야."

쓰키호의 목소리다.

소리가 난 쪽을 보니 쭉 뻗은 복도 안쪽에 그녀의 모습이 있었다. 한 장의 문(저것은 분명 내 침실의……) 앞에서.

"테루야, 안에 있지?"

걱정스러운 듯이 부르고 있다.

아아, 이것은…… 방금 전 상황의 다음 장면은 물론 아니다. '다음'이 아니라 이것은 방금 전에 벌어진 일보다 앞의……

또다시 시간이 역행하고 있다.

쓰키호가 소우를 데리고 이 저택을 방문하고, 테루야를 찾아 2층으로 와서 침실에 그가 있는 것을 알아차린다.

아마도 이것은 그 직후의 광경일 것이다.

"테루야?"

다시 부르며 쓰키호가 문을 연다.

실내를 들여다보자마자 울려 퍼지는 깜짝 놀라는 목소리.

"어?! 뭐야? 어떻게 된 일이야?"

방으로 뛰어든 그녀의 환상을 좇아 나는 복도를 달린다. 활짝 열린 문을 통해 슬쩍 방 안의 눈치를 살핀다. 그러자……

천장의 대들보에서 늘어뜨려진 하얀 로프가.

로프 끝에는 사람 머리가 들어갈 정도의 둥근 고리가 만들어져 있고……. 척 보기에는, 그렇다, 이것은 사람이 스스로 목을 매달기 위한.

로프 바로 아래에는 의자가 하나. 그리고 의자 위에 테루야=내가 서 있다. 두 손으로 로프의 고리를 쥐고 지금이라도 그 안으로 목을 걸려고……

"그만둬, 테루야!"

쓰키호가 외치며 동생 곁으로 달려간다.

"그만둬. 무슨 짓을 하고 있는 거야. 자, 어서 내려와……."

방에는 술 냄새가 진동하고 있다. 잘 보니 베드사이드 테이블에 술병과 잔이 있었다. 약이 엎질러진 약 상자도 있다.

병의 내용물은 위스키. 약은 최근에 상용하던 수면제일까. 술과 수면제를 같이 먹어서 몽롱한 상태로 테루야=나는 그날 밤에 이렇게 스스로 목숨을 끊으려 했던 것이다.

다행인지 불행인지 마침 그곳에 쓰키호가 와서 일단 이렇게 남동생의 행동을 막기는 했지만 그 뒤에…….

"……아, 들어오면 안 돼."

문 쪽을 돌아보며 쓰키호가 말했다.

"안 돼, 소우. 너는 아래로 내려가 있어. 알겠니?"

이 말을 듣고 나도 문 쪽을 돌아본다. 소우의 모습은 이미 없었다.

어머니의 뒤를 따라서 소우도 여기까지 왔던 걸까. 그런데 방금 쓰키호가 한 말에 혼자 1층의 홀로 돌아갔다. 그리고…….

실내로 눈을 돌리자 모든 것이 흔적도 없이 사라져 있었다.

쓰키호도, 테루야도, 로프도, 의자도, 테이블 위의 병도, 잔도, 약 상자도, 떠돌았던 술 냄새도.

커튼 틈새로 비쳐든 바깥의 빛이 아주 약하다. 방 여기저기에서 차가운 어둠이 서서히 솟아나기 시작하더니, 그 자리에 멈춰 서 있던 나를 감싼다.

3

오후 6시가 지나도 미사키 메이는 나타나지 않았다. 이윽
고 일몰이 찾아오고, 바깥의 저녁놀은 저녁의 어둠으로 바뀌
어가고…….

그런 가운데 나는 홀로 떠도는 어둠 속에 녹아들면서 생
각에 잠긴다.

나만 죽는 것이라면……이라고 나는 생전에 자주 생각했
다. 쓰키호나 소우를 상대로 그런 말을 한 적도 있다.

—나만 죽는 것이라면 괜찮아.

—나만 죽는 것이라면…….

나는 내가 운전하는 차에는 다른 사람을 거의 태우지 않
았다. 어제 미사키 메이에게 지적받은 대로 차는 11년 전의
버스 사고를 떠올리게 하니까. 그것은 정말로 끔찍한 사고였
으니까.

—끔찍한 사고였으니까.

그때의 비참한 광경이 도저히 잊히지 않아서…….

— 잊히지 않아서…….

아무리 운전을 신중하게 하더라도 차 사고가 일어날 위험은 결코 제로가 되지 않는다. 그 사고로 다른 사람이 죽을 위험도 제로가 아니다. 그러니까.

차에 다른 사람을 태우는 것은 싫었다. 만일 이 차가 사고를 당해서 동승자가 죽게 된다면, 하고 생각하면 무서워서. 아주 무서워서.

그렇게까지 11년 전의 체험을 마음에 두고 있으면서도 나는 차를 소유하고 다른 사람들처럼 타고 다니기도 했다. 아마 이것은 '나만 죽는 것이라면……'이라는 생각이 평소에 마음속에 있었기 때문일 것이다.

나만 죽는 것이라면 괜찮다.

자동차만이 아니라 전철이든 비행기든 탈것에 탈 때는 늘 그랬다. 늘 사고와 죽음의 위험을 지나치게 의식했다. 그렇다고 해서 어떤 경우에서든 내가 죽는 것이 두려웠던 것은 아니다. 나 혼자만이라면 별 상관없다, 라고 생각했다는 기분이 든다.

즉…… 그러니까.

나는 계속 죽음에 사로잡혀 살아왔던 것이다.

과거를 계속 마음에 두고 죽음의 위험을 몹시 두려워하면서도, 마음속 한편으로는 죽음에 이끌리고 있었다. 그런 것이라고 생각한다. 그런 마음이 오랫동안 몇 가지 단계를 거쳐서 자살에 대한 욕망으로 바뀌어가고…….

……석 달 전의 그날.

26세 생일을 앞둔 그날 밤, 나는 드디어 그 욕망을 실현시키려고 한 것이다.

로프를 준비하고 2층 침실에서 목을 매려고 했다. 막상 실행을 앞두었을 때의 공포를 억누르기 위해 술과 약을 먹고 정신을 몽롱하게 만들고서…… 그런데.

바로 그때 쓰키호가…….

그 뒤의 전말은 조금 전에 목격…… 아니, 기억해낸 대로다.

결국 그것은 사고였다.

술과 약으로 비틀거리는 나를 쓰키호가 달래고 타이르려다 실랑이가 벌어진 끝에…… 그러나.

쓰키호는 어쩌면 자기 탓이라고 생각했는지도 모른다.

자신이 동생을 복도에서 떨어뜨렸다고. 자신이 죽인 것이나 마찬가지라고.

그랬기 때문일까?

그래서 그녀는 그 뒤에…….

………

………

………

⋯⋯그 뒤에.

거울에 비친 내 모습을 보면서 마침내 숨을 거둔 그 뒤. 공허한 '사후의 어둠'에 끌려 들어간 그 뒤의 완전한 기억의 공백. 그 공백 중에 어쩐지 뭔가가⋯⋯ 흐릿하게 보이는 듯한 기분이 든다. 들리는 듯한 기분이 든다.

그것은⋯⋯.

⋯⋯⋯⋯.

⋯⋯⋯⋯.

⋯⋯⋯⋯.

(⋯⋯여기에)

여기에⋯⋯라고 그때 그녀는 말했다.

(하다못해⋯⋯ 여기에)

하다못해, 여기에⋯⋯라고.

(⋯⋯이 집에)

이 집에⋯⋯라고.

나=사카키 테루야의 죽음을 은폐하기 위해 시체를 어딘가에 숨겨야만 하는 단계에 이르러, 남편인 히라쓰카 슈지와 의논하던 중에 그녀는⋯⋯ 쓰키호는 그렇게 말했던 것이다.

그러니까 분명히 내 시체는⋯⋯.

4

미사키 메이는 아직 오지 않았다. 이제 오지 않을지도 모른다. 나는…….

나는 역시 외톨이인가.

5

어제 미사키 메이와 '유령의 집 탐험'을 하면서 느낀, 근질근질하던 위화감. 그것은…… 그렇다. 마지막에 조사하러 내려갔던 지하실에서 느낀.

그 위화감은 무엇이었을까.

다시 한 번 자문해본 나는 어렴풋이 그 정체를 깨닫기에 이르렀다. 깨닫고 보니 대체 왜 지금까지 눈치채지 못했을까 하고 어이없어질 정도였다. 그것은 바로…….

……막다른 복도의 저 벽.

오래된 가구류가 마구잡이로 앞에 쌓여 있던 저 회색 벽…… 저것은 예전부터 저렇게 되어 있었던가?

기억을 더듬어보아도 어느 쪽도 확신을 할 수 없다.

사후의 기억상실에 삼켜져버렸기 때문일까. 아니, 생각해보면 나는 생전에 저 지하실에는 거의 내려가지 않았잖아……. 그러니까 원래 어땠는지 생전에도 정확하게 알고 있지 못했는지도 모른다.

어찌할까 망설인 끝에 나는 우선 밖으로 나가보기로 했다. 나간 데에는 이유가 있었다.

어제 메이가 보여준 그 그림이었다. 작년 여름방학에 그애가 그린 이 저택의 스케치…….

─이 그림을 보고 뭔가 느껴지는 것 없나요?

그녀는 어제 나에게 그렇게 물었다.

─지금 여기서 보이는 저 건물의 모습과 비교해봤을 때. 사진이 아니라 정확히 모사된 것은 아니지만, 그래도…….

그리고 그녀는 이렇게 물었던 것이다.

─아래쪽에 있는 저 창문은 지하실의 채광창인가요?

6

집의 동쪽 정원, 어제와 같은 나무 그늘에 혼자 선다.

지금이 몇 시인지는 알 수 없다. 완전히 날이 저물어서 밤이 되었고, 미사키 메이는 여전히 오지 않았다. ……바람이 불고 있다. 미지근한 바람이 강하게.

건물 뒤편이라서 이쪽에서는 보이지 않지만, 밤하늘에는 달이 떠 있는 듯했다. 지붕 위쪽 하늘이 흐릿하게 밝다. 흘러가는 구름 사이에서 반짝이는 별들도 엿보인다.

어제와 마찬가지로 저택 쪽을 바라보았다.

주목해야 할 것은…… 그렇다. 1층의 낮은 위치에 늘어서 있는 창문들이다. 지하실 채광을 위해서 설치된 그 몇 장의 창문들.

미사키 메이가 어제 지적하고 싶었던 것은 저 창문의 숫자가 아닐까.

작년의 스케치와 올해의 모습을 비교해보면 다른 점이 있다. 높이 자란 잡초 탓에 잘 보이지 않는 곳도 많지만, 가만히 비교해보면 올해는 작년보다 저 창문의 숫자가 줄어든 게 아닐까? 그런 의문과 의심을 그때 그녀는 품었던 것이 아닐까.

이렇게 지금 의식하고서 다시 보니…… 한번 생각해보자.

지면에 거의 닿은 높이로 늘어서 있는 작은 창문들. 저택 정면에서 봐서 왼쪽 끝에 위치한 몇 장은 아마도 그 지하실, 계단을 내려가자마자 있던 잡동사니 창고의 것이리라. 그렇게 짐작되었다.

그렇다면 그 오른쪽 옆에 늘어서 있는 몇 장이 옛날에 필름현상용 암실로 사용되었던 그 방의 것이고…….

그러면 거기서 더 오른쪽은?

희미한 달빛과 별빛에 의지해서 눈을 크게 뜨고 본다.

거기서 더 오른쪽이라고 하면 건물의 오른쪽 끝이 된다. 마구잡이로 자란 잡초들에 거의 파묻히다시피 한 그 주변에 하얀 물체가 흘끗 보인다.

저것은 그 장식물일까. "작년에는 저런 게 없었을 텐데"라고 메이가 말했던 그 천사상이다.

그것이 건물 바로 옆에 놓여 있는 탓에 그 너머의 모습은 볼 수 없다. 어쩌면 저것은 그런 상태로 만들기 위한 '눈가림용' 장식품인지도 모른다.

가까이 가서 확인해볼 수밖에 없었다.

천사상 너머, 건물 1층 아래쪽의 그 부분에는 한 장의 창문도 찾아볼 수 없었다. 그곳에는 그저 모르타르로 된 평평한 벽이 있을 뿐…… 그러나.

미사키 메이가 작년에 그린 스케치에는 천사상이 없었다. 건물의 이 부분에도 창문이 그려져 있었다. 그랬던 것이 틀림없다. 그러니까 즉…….

원래는 여기에도 채광창이 있었던 것이다.

창문 너머에는 당연히 방이 있었던 것이다.

저택 지하에 만들어진 제3의 방이.

어제 지하실에서 느낀 그 위화감의 정체가 복도 끝 막다른 벽의 모습에 있었다고 한다면……. 내 기억은 속이 답답할 정도로 모호하지만, 어쩌면 원래 그곳에는 제3의 방 문이 있었는지도 모른다. 그 문이 지금은 없어져서 위장할 목적으로 그런 식으로 낡은 가구류를 벽 앞에 쌓아두었고…….

……그렇다면.

"하다못해 여기에……." "이 집에……." 그때 쓰키호가 했던 말.

그 말에 따라 내 시체는 이 집 지하에 있는 제3의 방에 감춰지게 되었다. 감춰진 뒤에 방 문은 모르타르로 덮여버렸고, 정원 쪽으로 늘어선 채광창도 마찬가지로 덮혀서 지금의 이런 상태로…….

이 천사상은 정원에서 봤을 때 줄어든 창문 숫자가 눈에 띄지 않게 할 목적으로 놓인 장식물이다. 그렇게 생각하면 되는 것일까.

바람이 점점 강해지기 시작했다.

초목의 술렁임도 강해지고, 주변의 숲 전체가 술렁이는 소리도 겹쳐져서 밤이 별안간 요사스럽고 불온한 얼굴을 보이기 시작한다. 끊임없이 들려오던 벌레 울음소리가 멈춘 한편, 밤인데도 어딘가에서 까마귀 울음소리가 울려 퍼졌다. 흐르는 구름이 달을 가린 것인지 주변이 갑자기 어두워진다.

나는 강하게 몸을 떨고서 건물 벽, 창문을 막은 부위라고 여겨지는 자리에 두 손을 대본다.

이 벽 너머에 봉인된 방이 있는 것이다. 그리고 그곳에 내 시체가 숨겨져 있다. 아아, 그러니까…….

……….

……….

……….

……잠시 후.

생각지 못한 충격과 함께 나는 홀로 농밀한 어둠에 삼켜졌다.

7

……아무것도 보이지 않는다.

문자 그대로 새까만 어둠 속에서 나는 혼란에 빠진다. 심한 혼란에 빠진다.

아무것도 보이지 않는다. ……그렇지만 느낀다.

여러 가지를 느낀다. 여러 가지, 뭔가 아주 비정상적인…… 아아, 이곳은?

혼란의 한복판에서 간신히 자문한다.

이곳은 어디인가.

이 암흑은 무엇인가.

'사후 어둠'의 공허함과는 전혀 다른, 기묘한 밀도. 비정상적인 압박감, 비정상적인 자극감과 함께 느껴지는 불쾌감. 비정상적인…….

……어쩐지 아주 기분 나쁜 감촉이.

아주 기분 나쁜 소리가.

아주 기분 나쁜 냄새가.

아주 기분 나쁜…… 신경 쓰기 시작하면 견디기 힘들 정도의, 이제껏 한 번도 경험한 적 없는, 아주 기분 나쁜…….

나는 계속 혼란에 빠져 있다. 심한 혼란에 빠졌다. 그러나.

그런 가운데서도 어떻게든 아슬아슬하게 버티면서 나는 다시 자문한다.

……이곳은?

8

이곳은…… 아니, 나는 알고 있다. 아마도 알고 있다.

느릿느릿하게 대답을 더듬어 찾아갔다.

나는 죽었고, 유령이 되었으며…… 행방을 알 수 없는 나 자신의 시체를 찾고 있었다. 그 시체의 행방을 간신히 알아낸 것이다. 알아버린 이상 시체의 주인인 내가 그 곁에 갈 수 없을 리 없다. 설령 그곳이 출입할 수 없는 밀실이라 해도…… 그러니까.

그러니까 당연한 결과로서 나는 이곳에 있는 것이다.

봉인된 '제3의 지하실'의 이 암흑 속에.

9

……빛이.

암흑에 빛이 들어온다.

천장에 매달린 전구의 빛이. 불안정하게 명멸을 반복하는 약한 빛이.

나는 조심스럽게 주위를 둘러본다.

광량이 부족해서 구석구석까지 훤히 보이지는 않지만 이곳이 생각했던 바로 그 장소, 봉인된 지하실 안인 것은 확실한 듯했다.

더러운 벽, 더러운 바닥, 천장. 이쪽저쪽에 흩어져 있는 잡동사니들. 언뜻 보기에도 폐허 같은 실내 모습…….

……….

……….

……소리가.

앵앵……애애애앵……앵, 하는.

뭔가가 날아다니고 있는 듯한 날카로운 소리가.

바삭, 바사삭……사삭.

뭔가가 재빠르게 움직이고 있는 듯한 희미한 소리.

날아다니고 있는 것은…… 파리일까. 파리의 날갯짓 소리일까.

재빨리 움직이는 듯한 소리가 난 방향을 보니 어둠 속으로 도망치는 몇 개의 작은 형체가. 새까맣고 흉측한 갑충의 형체가.

……전구의 불안정한 명멸.

명멸에 맞춰 나도 방금 보고 들은 것들에서 도망치듯 눈을 감는다.

10

……냄새가.

아주 기분 나쁜 냄새가 짙게 배어 있다.

이 냄새와 비슷한 냄새는 알고 있다. 그러나 이 정도로 강렬한, 그야말로 구역질이 날 듯한 고약한 냄새, 악취는 처음이다.

눈을 감자 냄새가 몇 배나 심하게 느껴진다.

이 견디기 힘든 냄새.

이것은 아마도…… 아니, 가령 그렇다고 해도 이런…….

11

견디지 못하고 눈을 뜬다. ……거기서.

뭔가 낡고 커다란 장치가 있다는 것을 깨닫는다.

낡고 커다란 형체…… 저것은 보일러나 난로 같은 것일까.

바삭……바사사삭…… 하고 또다시.

기분 나쁜 소리가 희미하게 들려온다.

그 보일러인지 난로인지 알 수 없는 물체 뒤편으로 꿈실 꿈실 도망쳐 가는 검은 벌레의 무리가 보였다. 나는 견디지 못하고 "힉!" 하고 놀라는 소리를 냈다.

전구가 명멸한다.

나는 또다시 눈을 감아버린다.

12

……아픔이.

이쪽저쪽에 아픔이 느껴진다.

유령이 다칠 리가 없는데. '육체의 잔상'에 생겨난 이것은 환통(幻痛) 같은 것일까.

격통은 아니지만 욱신욱신 지끈지끈하는 불쾌한 감각이 신경 쓰인다. 한번 신경 쓰이기 시작하자 더 이상 멈출 방법이 없다.

눈을 뜨고 왼손을 펼치자 어째서인지 손바닥에 작은 돌멩이가 있었다. 어느 결에 손에 쥐고 있었던 것일까. 새까만 작은 돌…… 이것은 석탄 조각 같은 것일까?

애앵……애애애앵……앵, 하고.

달라붙는 듯한 날카로운 날갯짓 소리가, 다시.

애애앵……애애애애앵…….

역시 실내에 파리가 날아다니고 있는 것이다. 한 마리가 아니라 여러 마리. 몇 마리나 되는. 어쩌면 몇 십 마리…….

기분이 나쁘고 짜증이 나기 시작해서 나는 왼손의 작은 돌을 마구잡이로 던졌다. 애앵 소리는 그치지 않았지만 그 대신…….

팍.

다른 소리가 났다.

어딘가 안쪽에서.

안쪽에 놓여 있는 무엇인가(……무엇일까)에 내가 던진 작은 돌이 명중했다.

13

전구가 명멸한다. 명멸이 반복되는 동안 '멸'의 시간이 길어지기 시작한 기분이 든다…….

나는 눈을 꼭 감았다가 다시 떴다.

저것은 침대일까, 소파일까. 방 한구석에 응어리진 어둠 속에 그런 가구의 실루엣이 보였다. 작은 돌은 저 가구에 맞은 것일까.

천천히 다가가본다.

등받이나 팔걸이가 있으니 아마도 소파일 것이다. 그 전체에 커다란 천이 덮여 있고…… 아아, 가운데가 부풀어 있다. 그렇다, 사람 딱 한 명이 그 아래에 드러누워 있는 듯한 형태로.

……저것인가.

저곳에 눕혀져 있는 것이, 내 시체인가.

14

또다시 눈을 꽉 감았다가 뜬다.

그러자 이번에는 소파 옆으로 작은 사각형 테이블이 보였다. 슬금슬금 더 다가가보니 그 위에 두 가지 물체가 놓여 있다.

하나는…… 이것은 카메라인가.

나=사카키 테루야가 생전에 애용했던 그 수동 카메라가 아닌가. 어제 미사키 메이가 신경 쓰고 있던 '없어진 물건' 중 하나다.

다른 하나 역시 없어진 물건 중 하나였다. 서재의 책상 서랍에서 사라진 그 일기장이다.

'Memories 1998.'

이런 곳에 있었나.

나는 일기장을 집어들고 페이지를 넘긴다. 석 달 전의 그날, 5월 3일 부근 어딘가에 뭔가가 적혀 있지 않은가를 확인한다.

그것은 곧 발견되었다.

5월 3일 당일이었다.

그곳에는 심하게 휘갈겨 쓴 필적으로 이런 문장이.

많이 늦어졌지만, 이것으로 모두와 이어질 수 있겠지.
더 이상 바랄 것은 없다.

15

나는 천에 덮여 있는 소파 앞에 섰다.

여전한 기분 나쁜 소리. 여전한 기분 나쁜 냄새. 여전한 이쪽저쪽의 아픔. 욱신욱신, 지끈지끈한다. 구역질과 갑갑함, 현기증 같은 감각까지 더해져서 떨림이 멈추지 않는다. 몸의 떨림이. 마음의 떨림이.

……그렇지만.

전구의 명멸에 맞춰서 나는 다시 강하게 눈을 감았다가 뜬다. 그렇게 해서 자신에게 들려준다.

……이곳에.

이곳에, 이 천 아래에 있는 것이다.

줄곧 찾고 있었던 시체가.

나의 시체가.

16

떨리는 손을 소파의 천으로 뻗었다.

천의 군데군데가 피 같은 것으로 검게 얼룩진 자국이 눈에 띄었다. 아아, 틀림없다. 이 아래에 나의……

떨리는 손가락으로 천의 가장자리를 집는다. 힘껏 단숨에 걷어내려고 한다. 그런데 힘이 부족해서……

주르르, 천이 흘러 떨어졌다.

찰싹, 기분 나쁜 소리가 났다.

무시무시한 악취가 코를 찌르고, 나는 견디지 못하고 천에서 손을 떼고 입가를 누르고…… 그리고 보았다.

시체를.

내 시체를.

너무나도 무참하게 변해버린 내 생명의 빈껍데기를.

17

그것은 인간의 형태를 유지하고 있기는 했지만 이미 인간이라고는 부를 수 없는, 부르고 싶지 않은 추하고 흉측한 물체였다.

썩은 피부.

썩은 살.

썩은 내장……

입고 있던 셔츠는 단추가 떨어져서 풀어져 있다. 속옷은 구멍투성이고, 여기저기가 찢어져 있기도 하다. 벌레에게 파먹힌 것처럼…… 아니, '처럼'이 아니다. 분명히 문자 그대로 벌레나 뭔가에 파먹힌 것이다. 그리고 속옷 아래에서 스며나오고, 넘쳐 나오듯이…….

썩은 피부가.

썩은 살이.

썩은 내장이.

흐물흐물해진 그것들이 노출된 뼈에 달라붙어 있는 것도 보였다.

짙게 배어 있던 악취는 역시 시체가 발하는 썩은 내였던 것이다. 시체는 썩는다는 사실을 알고는 있었지만, 인간은 생선이나 새 같은 것과는 달리 더 많은 시간이 걸릴 거라고 생각했다. 그런데 성인 시체가 고작 석 달간 이곳에 놓여 있던 것만으로 설마 이렇게…….

얼굴도 마찬가지였다.

절반 이상 드러난 머리뼈. 이마와 코, 입술의 살은 거의 남아 있지 않다. 안구도 이미 존재하지 않고, 있는 것은 검붉은 두 개의 눈 구멍뿐이고, 그 안에는 뭔가가 움직이는 것이.

굼실굼실하고 꿈틀거리고 뒤얽히며 기어나와서……

나는 "윽" 하고 신음소리를 흘린다.

……구더기가.

몇 마리나 되는 구더기가 눈구멍에서…… 아니.

눈구멍뿐만이 아니다. 코에서도 입에서도 약간 남은 뺨의 살점 속에서도…….

빛이 명멸한다.

애앵……애애애앵……애앵.

날카로운 파리의 날갯짓 소리가 온 방에 울려 퍼진다.

애애앵……애애애애앵…….

빛이 세차게 명멸한다.

"우왓!"

나는 소리치며 고개를 세차게 저었다. 두 팔을 마구잡이로 휘두르며 그 자리에서 뒷걸음치려고 한다. 그런데 거기서.

찌직, 소리와 함께 다리가 꼬였다.

직전에 뭔가를 밟아 으깬 듯한 감촉이 있었는데, 아마도 바닥을 기어다니던 벌레였을 것이다. 짓이겨진 벌레의 시체와 체액 때문에 발이 미끄러진 것이다.

하필이면 앞쪽으로 엎어져버렸다. 자세를 추스를 수 없어서 몸을 뒤틀면서 쓰러졌다. 소파 위에, 그곳에 드러누운 시체를 향해.

썩은 피부.

썩은 살.

썩은 내장.

흐물흐물 무너져내린 그것이 코앞에 닥치고 무시무시한 악취에 구역질이 났다.

곧바로 손을 짚었지만, 시체 옆구리 부근이었다. 물컹, 하는 끔찍한 감촉이 있었다. 그 바람에 구멍투성이 속옷이 찢어지고, 썩은 고기를 파먹던 구더기나 그 아래의 벌레들이 우글우글 꿈틀거리며 기어 나오고…… 기어 올라온다. 내 손에, 팔에, 어깨에.

"우아아아악!"

절규하며 마구잡이로 몸을 움직여서 털어냈다. 달라붙으려는 썩은 살을, 들러붙으려는 악취를, 기분 나쁜 벌레들의 꿈틀거림을.

"……싫어!"

한바탕 소리친 뒤에 기운이 빠진 듯 중얼거렸다.

"……아니야. 이런 건…… 이런 건…….'

빛이 천천히 명멸한다. 그러다가.

소리도 없이 '멸'의 상태에서 끝났다. 전구가 고장난 것이다.

"싫어……."

다시 찾아온 새까만 암흑 속에서 나는 세차게 고개를 저었다. 마구잡이로 두 손을 휘휘 저었다.

"싫어! 아니야! 이런……"

나는 듣기 싫게 갈라진 목소리를 짜냈다. 그리고 결국 다시 소리치고 있었다.

"……구해줘!"

18

"구해줘!" "구해줘!"라고 한동안 계속 외치고 있었다는 기분이 든다.

누가 구해주기를 바란 것일까. 나는 무엇에서 구해주기를 바라는 걸까, 어떻게 구해주길 바라는 걸까. ……스스로도 이해하지 못한 채로.

소리치다가 지쳐서 이윽고 바닥에 주저앉았다. 두 손으로 무릎을 안고 그대로 옆으로 드러누워서 몸을 둥글게 웅크리고서…….

"……싫어."

갑갑함과 구역질을 억누르며 신음하듯이 중얼거린다.

"이런…… 이런 건……"

죽은 나 자신도 행방을 알 수 없는 나의 시체. 그것만 발견할 수 있다면, 이라고 생각했었다.

이 눈으로 그것을 보고, 이 손으로 그것을 건드리고…… 그렇게 해서 '나의 죽음'을 확인하고 납득할 수 있다면. 아울러 나의 죽음이 세상에 알려지고 제대로 추도받을 수 있다면…… 그렇게만 된다면.

그러면 분명 나는 이 부자연스럽고 불안정한 상태에서 해방될 수 있을 것이라고 생각했었다. '죽음'이 본래 있어야 할 '형태'가 되고, 그렇게 해서 '모두'와 이어질 수…….

……그러나.

모든 것은 나의 어리석은 착각이었을까. 뭔가 근본적인 것에서 나는 착각하고 있었던 것일까.

나는 이대로 이 암흑 속에 이 무시무시한 시체와 함께 계속 머무르게 되는 것일까.

시체가 완전히 썩어서 백골이 되고, 그 뼈도 이윽고 썩어서 사라져버려도 나는 여기서 이대로…… 천국이나 지옥에 가지도 못하고 '무'가 되지도 못하고, 하물며 '바다'에 녹아들어서 '모두'와 이어지지도 못하고 분명 이대로 영원히…….

……미쳐버릴 것만 같았다.

아니, 이미 미쳐버렸는지도 모른다. 나는…….

암흑 속에서 몸을 웅크리고 있으려니, 계속해서 엉뚱한 망상이 생겨났다가 사라져간다.

이곳은…… 이곳이야말로 어쩌면 지옥일지도 모른다. 아아, 그렇다. 그런 것일지도 모른다.

석 달 전의 그날 밤, 나는 일기장에 조금 전에 봤던 '유서'를 쓴 뒤에 스스로 목숨을 끊으려고 했던 것이다. 결과적으로 쓰키호와 실랑이를 벌이다가 추락해서 목숨을 잃게 되었지만, 애초에 '자살'을 시도했다는 사실에는 변함이 없다.

자살은 커다란 죄. 기독교에서는 그렇게 이야기한다.

자살한 사람은 지옥에 떨어진다.

나는 그러니까 떨어진 것이다. ……이곳에. 이 지옥에.

(……잊어버려)

문득 누군가의 목소리가 마음속 어딘가에서 되살아나 나는 이제 머리가 터져버릴 듯한 혼란에 빠진다. 영문을 알 수 없어서, 무엇을 어찌하지도 못하고…….

(이 집에 대한 것은…… 전부)

이것은…… 누구의?

(……잊어버리렴)

이건…… 누구를 향한 말?

이것은…….

"……이젠 됐어."

나는 나도 모르게 약한 목소리를 흘리고 있었다.

"싫어. 이젠…… 구해줘."

당장이라도 꺼져 들어갈 듯한 약한 목소리로…… 나는 울고 있었다.

"누가 좀…… 구해줘."

쿵!

갑자기 묵직한 소리가 암흑을 뒤흔든 것은 그때였다.

19

쿵!

이어서 울린 그 소리에 나는 귀를 막았다.

이곳은 지옥……이라는, 조금 전의 망상이 생생하게 남아 있었으니까.

쿵!

뭔가 정체를 알 수 없는 무서운 것이 찾아온 것이라고. 지옥에 사는 무서운, 사악한 괴물이 나에게 더욱 고통을 주기 위해서…….

쿵!……픽.

소리는 등 뒤에서 들려온다.

어둠 속에 갇혀서 아무것도 보이지 않지만 아마도 등 뒤,

이 방의 벽에서.

쿵!

웅크리고 있던 몸을 일으키고 엉금엉금 기어서 소리가 들려오는 방향을 향한다. 그대로 조금 뒷걸음쳤지만 기력이 버티지 못해 바닥에 엉덩방아를 찧고서 무릎을 끌어안았다.

쿵⋯⋯쿠궁!

벽을 밖에서 두드리는 소리처럼 들리기도 했다. 지옥의 괴물이? 아니, 그게 아니라면⋯⋯ 설마.

설마⋯⋯ 하고 그다음 말이 마음속에서 나오는 도중에

쾅!

한층 강한 울림과 거의 겹쳐지듯이 쩌적, 새로운 소리가 났다. 뭘까? 뭔가 나무가 쪼개지는 듯한⋯⋯.

쩌적.

이어서 같은 소리가 났다. 그리고⋯⋯.

⋯⋯빛이.

어둠 속으로 비쳐드는 한 줄기의 빛이.

20

소리는 단속적으로 계속 울리고, 그와 함께 비쳐드는 빛이 점점 늘기 시작한다.

한 줄기가 두 줄기로, 세 줄기로, 네 줄기로…… 끝내는 그것들이 하나로 뭉쳐진 빛의 다발로. 빛의 공간으로.

벽이 부서지고 있었다. 누군가의 손에 의해 밖에서 부서지고 있다.

그 누군가의 실루엣이 이윽고 넓어진 하얀 빛 속에 나타났다.

괴물이 아닌 사람의, 인간의 형체를 하고 있다. 낯익은 인간의…… 작은 소녀의 모습을 하고 있다. 저것은…….

저것은.

저것은…… 메이? 미사키 메이?

두 손에 뭔가를 들고 있다. 그 무언가를 비틀거리며 들어 올리고 내리 휘두른다. 그러자…….

쿵!

벽을 때리는 소리가.

쩌적.

목재가 갈라지는 소리가.

모르타르와 벽의 파편이 흩어진다. 벽에 생긴 구멍 주변이 모조리 무너지고 빛의 공간이 더더욱…….

"……후우."

숨을 내쉬는 소리가 들렸다. 틀림없는 그녀의, 미사키 메이의 목소리였다. 하아하아, 하아…… 하고 거칠게 흐트러진 호흡. 한동안 거친 호흡이 이어지다 수그러들었을 즈음.

"거기 있죠?"

그런 목소리가 들려왔다.

밖의 복도에 켜진 형광등의 하얀 빛과는 다른, 회중전등 빛줄기가 이쪽으로 비쳐들었다.

"거기 있죠? 유령 씨."

뎅그렁, 무겁고 딱딱한 소리가 났다. 벽을 부수는 데 쓴 도구를 내던진 소리 같았다.

그리고 사람이 다닐 수 있는 크기까지 넓힌 벽의 구멍을 통해 그녀가 들어온다. 그러나 도중에 움직임을 멈추고는 으윽, 신음했다.

"냄새가 엄청 심하네…… 아아."

내밀어진 회중전등 빛이 바닥에 주저앉아 있는 내 모습을 포착하고…….

"있다."

메이가 말했다. 표정은 역광 때문에 전혀 보이지 않았다.

"역시 있었군요. 목소리가 들렸거든요."

"목소리……."

나의 반응에 그녀는 "응" 하고 고개를 끄덕였다.

"'구해줘'라는 목소리가. 이 벽 너머에서. 그래서……."

메이는 회중전등 빛을 천천히 실내의 암흑 속으로 이리저리 움직였다. 그 움직임이 이윽고 딱 멈췄다.

"……끔찍하네."

소파 위의 시체를 발견한 것이다.

"저것이……."

"……나의."

대답하는 내 목소리는 떨리고 있었다.

"저것이, 나의……."

"나가죠."

메이가 말했다.

내가 아무런 대답도 하지 않자 그녀는 회중전등을 이쪽으로 향하며 말했다.

"싫다면 내버려두고 갈 수도 있지만. 뭐하면 벽도 다시 막을까요? 유령이니까 그래도 나올 수 있을 테죠?"

"아아, 그건……."

……그렇다. 분명 그럴 것이다. 그런데도.

미사키 메이가 다시 회중전등을 안쪽의 소파로 향했다. 그 빛으로 무참한 시체를 비추면서 아주 냉정하게 말했다.

"저것이 '죽음'……."

나는 시체가 아니라 그녀 쪽을 본다. 비어 있는 오른손으로 오른쪽 눈을 가리고 있는 모습이 보인다.

"죽음의 색이 보여요."

메이는 말을 이었다.

"일부러 보려고 노력할 것도 없지만. 정말로 끔찍해……
저기, 어쨌든 여기서 나가자. 시체는 도망치지 않으니까."

"자. 어서요."

그녀는 나를 향해서 오른손을 뻗었다.

무엇을 어떻게 생각해야 좋을지 모르는 채로 나는 천천히
일어선다. 그런 나의 왼손을 미사키 메이의 오른손이 쥐었다.

땀으로 조금 축축하고 조금 싸늘한 손이었다.

21

메이의 손에 이끌려 밖으로 나왔다.

지하실 복도의 그 막다른 벽에 나 있는 구멍을 통해.

바깥의 복도 바닥에는 더러워진 곡괭이가 한 자루가 굴러다
니고 있었다. ……이것은.

그렇다, 차고에 놓여 있던 그 곡괭이일 것이다. 이것을 사
용해서 그녀는 조금 전에 이 벽을…….

"괜찮아요? 움직일 수 있죠?"

메이가 물었다.

"……응."

"그러면 위로 가요."

그녀는 나를 재촉했다.

"여기는…… 좋지 않으니까."

계단 쪽으로 향하던 도중 그녀는 벽의 구멍 쪽을 한 번 돌아본다.

"이 계절에 석 달이나 저곳에 내버려뒀으니 저렇게 되는 것이 당연하겠지. 썩고 벌레에게 먹히고. 저 정도라면 아직 나은 편일지도. 어떤 시체가 있을 거라고 상상했어요?"

나는 아무런 대답도 하지 못하고 그저 고개를 숙이고 있었다. 자신의 의지로 움직일 힘을 거의 잃어버린 상태였다.

메이에게 손을 이끌린 채로 계단을 오른다. 오르면서 그녀는 담담한 어조로 말했다.

"이 집은 말이죠, 2층에는 전기가 끊어져 있어요. 차단기가 내려가 있는 것 같아요."

2층에…… 전기가?

"그러니까 서재에 있던 그 전화기는 충전이 안 되어 있었고…… 그 워드프로세서도."

서재의…… 워드프로세서?

"전원 스위치를 눌러봐도 켜지지 않는 게 당연해요. 그렇죠?"

1층 복도로 나오자 미사키 메이는 그대로 앞쪽홀로 향한다. 벽의 조명만 몇 개 켜져 있을 뿐이라 홀은 어두컴컴했다. 밖에서 강한 바람 소리가 들려왔다.

홀 중앙까지 왔을 즈음에 미사키 메이가 후우, 하고 다시 숨을 내쉬며 "그건 그렇고"라고 중얼거렸다. 그러고는 내 손을 놓고 옷에 묻은 먼지를 털어내더니 이쪽을 보며 말했다.

"이젠 됐죠?"

"……어."

"찾고 있던 시체를 찾았으니…… 기억이 났나요? 어째서 저 시체가 저런 곳에 숨겨져 있는지. 사카키 씨가 석 달 전 밤에 어떤 일로 인해 죽었는지도."

"아아…… 응, 아마도."

나는 고개를 숙인 채로 살짝 끄덕였다.

"대부분은."

"……그래서요?"

미사키 메이는 계속해서 물었다.

"저 시체를 발견해서…… 어떻게 되었어요? 어제 말한 것처럼 이어질 것 같나요? 먼저 죽어버린 모두와."

"아아…… 그건."

대답하지 못하고 나는 눈만 위로 들어서 상대의 얼굴을 살핀다. 메이는 입술을 꾹 당기고 조용한 시선으로 나를 바라보더니 말했다.

"죽으면 어떻게 되는가, 라는 것은 죽어보지 않으면 누구도 알 수 없어요. 그러니까 사카키 씨가 생전에 생각하고 있던 것도 나는 환상이라고 생각해요."

"환상……."

"죽음은……."

메이는 담담하게 말했다.

"죽음은 더 한없이 공허하고, 한없이 외롭고…… 아니, 이건 이것대로 나의 환상일지도 모르지만…… 이쪽으로 와요."

나는 영문을 모르는 채로 그녀가 손짓하는 쪽으로 향한다. 홀 중앙에서 몇 걸음 정도, 벽에 붙어 있는 그 거울 쪽으로.

메이는 내 옆에 서서 천천히 거울을 가리켰다.

"저곳에 뭐가 보이나요?"

"저곳이라니…… 거울 안에?"

"그래요."

"그건……."

거울에는 미사키 메이가 비치고 있다. 그 옆에 나=사카키 테루야의 모습은…… 없다. 물론 '내'가 비칠 리가 없다.

"너뿐인데. 거울에 비친 건 너뿐이야."

나는 작은 목소리로 대답했다.

"그렇구나."

메이는 한숨 섞어 대답하고, 그런 뒤에 다시 옷의 흙먼지를 털었다.

"하지만…… 이상하네. 나에게는 보이는데."

"뭐?"

"내 옆에 있는 너의 모습이, 저 거울 안에도."

"그, 그건."

나는 그녀의 옆얼굴에 눈길을 주었다. 그녀는 똑바로 거울로 시선을 향하고 있다.

"그건 분명히 너의 그 인형의 눈의 힘으로……"

"아니요."

메이는 살짝 고개를 저었다.

"그건 아니라고 생각해요."

그러고는 천천히 왼손을 들더니 자신의 왼쪽 눈을 손바닥으로 덮어 가렸다.

"이렇게 해도, 자요, 보여요."

"……어떻게."

"인형의 눈은 상관없어요. 이쪽 눈만으로 저 거울에 비친 당신의 모습이 보여요."

그럴 수가…… 어째서?

무슨 의미일까. 대체 그녀는 무슨 말을 하려는 걸까.

혼란에 빠진 나머지 말을 잃은 내 쪽을 미사키 메이는 똑바로 바라보았다.

"아직 모르겠어? 아직 보이지 않아?"

"나는……."

"당신은 사카키 씨의 유령. 석 달 전에 여기서 목숨을 잃고 시체는 조금 전의 지하실에 감춰져 있었어. 오늘 밤에 간신히 시체의 행방을 깨달았고, 그것을 확인하기 위해 저 방에 들어갔어. 하지만 '구해줘'라고 외쳤어. 구해줘, 싫어, 아니야……라고."

"그, 그건……."

나는 머리를 끌어안는다. 긴장을 풀면 곧바로 자리에 주저앉게 될 것 같았다.

"그러니까 말이지, 아닌 거야."

메이는 단호하게 말했다.

"아니었어. 당신은 처음부터."

"……하지만."

"이쪽을 봐."

나는 그녀 쪽으로 고개를 돌렸다. 미사키 메이는 이번에는 오른손을 들고 손바닥으로 오른쪽 눈을 덮으면서 나를 바라보았다.

"당신에게 죽음의 색은 보이지 않아."

단호하게 다시 그렇게 말했다.

"처음에 만났을 때부터 보이지 않았어. 그러니까……."

"……그럴 수가."

나는 힘없이 신음했다. 메이는 오른쪽 눈을 가린 손을 내리고 두 눈을 똑바로 나에게 향하고는 이윽고 다시 단호하게 말했다.

"그러니까 말이야, 당신은 죽지 않았어. 살아 있어. 그 사실을 우선 제대로 자각해야 해."

22

말도 안 돼…….

나=사카키 테루야는 죽었다.

석 달 전 5월 3일. 오늘 밤 간신히 떠오른 그러한 경위에 따라 나는 죽었다. 죽은 것이다. 죽어서 유령이 되어 지금까지 이렇게…….

"그럴 수가…… 거짓말이야."

"거짓말 같은 건 안 해."

"거짓말이야. 사카키 테루야는 죽었어. 시체도 발견했어. 너도 조금 전에 봤잖아."

영문을 알 수 없어서 나는 반론했다.

"나는 사카키 테루야의 유령이고…… 거울에는 보이지 않고, 너 이외의 인간에게는 보이지 않고, 이쪽저쪽에 나왔다가 사라졌다가 하고……."

"하지만 당신은 살아 있어."

메이는 똑바로 나를 바라본 채로 거듭 말했다.

"당신은 살아 있어. 당신은 유령이 아니야. 유령 같은 건 애초에 이 세상에 없다고 생각해. 적어도 나는 본 적이 없어."

대체 무슨 소리를 하고 있는 것일까. 영문을 모르겠다. 의미를 이해 못 하겠다. 혹시 이건, 이 대화 자체가 나의 환상이나 망상? 실제로는 나는 아직 저 지하실 암흑 속에 있는 건가? 미사키 메이는 나타나지 않았고, 거기서 이런 환각을……

"……그럴 수가."

나는 다시 목소리를 떨었다.

"그럴 수가…… 대체 나는, 대체 너는……."

"이제 정말로 눈을 떠야만 해."

메이는 두 손을 뻗어서 내 양 어깨에 올려놓았다.

"불쌍하게도."

……불쌍해?

"무, 무슨 소릴……."

"아직 어린애인데, 이렇게나 한껏 노력해서, 이렇게 온 힘을 다해 어른인 척하고."

　……아직, 어린애?

"무슨 소릴, 너는……."

"너는 사카키 테루야가 아니야."

　……사카키 테루야가 아니다?

"이제 그만해……."

"너는 사카키 테루야가 아니라, 사카키 테루야의 유령이 아니라…… 너는."

　……나는.

"그만하……."

"너는 말이지, 소우 군."

　……소우?

"내가, 소우라고?"

"너는 히라쓰카 소우. 올봄에 6학년이 된 남자아이. 아직 열한 살이나 열두 살밖에 안 된…… 그런데 석 달 전에 여기에서 사카키 씨의 죽음을 목격한 뒤로 이런 식으로…… 자기는 사카키 씨의 유령이라고 믿게 돼버렸어."

　……믿게 돼버렸다?

"설마……."

"왜 그런 일이 일어난 것인지 나는 멋대로 상상할 수밖에 없지만……."

……내가 히라쓰카 소우?

"그럴 수가……."

역시나 그건 말도 안 된다고 생각했다.

몇 번인가 히라쓰카 가에 나왔을 때도, 미사키 가의 별장에 나왔을 때도 소우는 소우대로 그 자리에 있지 않았는가. 쓰키호나 메이의 가족과 대화를 하고 있지 않았는가. 나는 그 모습을 보고 있었고 듣고 있지 않았는가. 그런데……?

"애초에 네가 이 대형 홀의 저 거울로 네 자신이 죽어가는 모습을 보았다고 한 얘기 말이야. 그건 소우 군이 저곳에서……."

미사키 메이는 계단 어귀 부근을 가리켰다.

"저곳에 있던 소우 군이 저 거울 안에서 목격한 광경이었어. '나=사카키 테루야의 유령'이라는 자각을 해버린 뒤에 소우는 그것을 '사카키 씨 자신이 죽음 직전에 본 광경'이라고 의미부여했어. 하나를 보면 열을 안다고, 전체적으로 그런 느낌이 아니었을까?"

"……."

"네가 가진 사카키 테루야로서의 기억에 대한 문제를 봐도 그래."

"……."

"너는 사카키 씨 본인이 아니니까 너 자신의 '충격에 의한

일시적 기억상실'을 제외한다고 해도 많은 것을 제대로 기억
해내지 못하는 게 당연하지. 그중에 네가 사카키 씨 유령으
로서 기억해낸 이런저런 것들은 네가 예전에 사카키 씨에게
들은 이야기라든가, 사카키 씨와 같이 있으면서 보고 들은
것이었어."

─ 끔찍한 사고였으니까.

'내'가 말한 것이 아니라?

─ 나만 죽는 것이라면 괜찮아.

'내'가 들은 것?

─ 사로잡혀서…… 그렇지, 그런지도 몰라.

"예를 들면 작년, 내가 몇 번인가 사카키 씨와 만나서 이
야기를 나눴을 때도 너는 매번 그 자리에 같이 있었지. 거기
서 들은 나와 사카키 씨의 대화를 너는 너 자신의 기억이 아
니라 사카키 씨의 기억으로서 떠올리고 있었어. 서재에서 남
아 있던 일기를 읽고서 알아내거나 기억해낸 것도 분명히 많
았을 테고……."

………

………

………

……그런 말을 들어도.

믿을 수 없다.

그런 말은 도저히 믿을 수 없다.

나는 사카키 테루야의 유령이고, 가끔씩 생전에 인연이 있던 장소에 나왔다가 사라지고…… 그렇다, 유령이니까 이 집의 잠겨 있는 방에도 자유롭게 드나들 수 있었고 오늘 밤에는 저 봉인된 지하실에도 들어갈 수 있었던 것이고…….

"조금 전에 말한 대로 2층은 전기가 끊어져 있었으니 누가 어떻게 한들 워드프로세서는 작동하지 않아. 네가 유령이라서 작동시킬 수 없었던 것이 아니야."

미사키 메이는 담담하게 말을 이었다.

"2층의 잠겨 있는 방에 드나들 수 있었다는 것도 네가 그렇게 믿었던 것뿐이겠지. 왜냐하면 너는 열쇠가 있는 장소를 알고 있었으니까. 유령이라서 문이나 벽을 통과할 수 있었던 것이 아니라 사실은 그 열쇠를 써서 드나들었던 거지. 유령이라는 자기 입장에 걸맞게 그 사실을 인정하지 않으려 한 것뿐이라고 생각하는데?"

유령이라는 자기 입장에 걸맞게?

완전히 말을 잃어버린 나를 아주 가까이에서 응시하며 미사키 메이는 계속 입을 열었다.

"그리고…… 그렇지. 요전에 처음 여기에서 너를 만났던 날……."

7월 29일 수요일 오후였다.

"그때 나는 사카키 씨를 찾아서 이 집에 왔었는데, 자전거가 세워져 있었어. 정원의 목련 아래에."

아아…… 그것은.

"깜빡 못 보고 부딪쳐서 나는 그만 자전거를 넘어뜨렸어. 일으키는 데 고생했고…… 그때 안대가 더러워졌지."

"……보고 있었어."

"응?"

"그 모습, 난 서재의 창문으로……."

그때는 어째서인지 그녀가 타고 온 자전거라고 인식했던 것 같다. 그러나 생각해보면…….

"저 자전거, 소우 군 자전거지?"

적어도 그녀의 자전거일 리는 없다.

그다음 다음 날 미사키 가의 별장에서 듣지 않는가. 미사키 메이는 자전거를 탈 수 없다고. 그러니까…….

"직접 타고 왔지만 유령인 너의 입장에서는 부자연스러워. '앞뒤가 맞지 않는 행동'이니까 그 의미를 얼버무려서 보지 않은 것으로 한 거지."

……얼버무려서 보지 않은 것으로?

"오늘 밤은 그 자전거에 도움을 받았어."

조금 열기를 띤 목소리로 미사키 메이는 말했다.

"약속 시간에 많이 늦어져서…… 미안해, 여러 가지로 귀찮은 일이 있었거든. 어떡할지 망설였지만, 어쨌든 서둘러 와 봤어. 이미 밤이 되었으니 유령은 사라져서 집에 돌아가지 않았을까 하는 생각도 들었지만…… 뭐라고 해야 좋을까, 조금 안 좋은 예감이 들어서, 와봤더니 자전거가 있었어. 집의 불은 꺼져 있었지만 자전거가 있는 이상 네가 이곳에 있을 것이 분명했어. 그렇게 생각하고 어쨌든 집 안을 찾아보고…… 지하에 내려가 봤더니 저 벽 너머에서 목소리가……."

"……"

"이쪽에서도 불러봤는데 들리지 않았어? 그럴 상황이 아니었겠지. 저런 곳에서 저런 시체를……."

"……"

"네가 안에 있으니까 어딘가, 예를 들면 집 밖에서 들어갈 수 있을 만한 입구가 있을 거라고 생각했어. 하지만 찾고 있을 여유도 없으니 부숴버리는 게 빠르겠다 싶더라. 그곳에는 원래 문이 있었고, 단순히 그 위를 모르타르로 덮어놓은 것 같았으니까…… 많이 힘들었어. 누군가를 부르기보다는 어쨌든 빨리 구해야겠다고 생각해서……."

"……"

역시 아무런 대답도 하지 못하는 채로, 모든 것을 믿지 못하는 채로 한동안 시간이 지났다.

밖에서 부는 바람 소리 사이로 서재에 있는 올빼미 시계의

'부엉' 소리가 아주 흐릿하게 들렸다. 아아…… 지금은 벌써 몇 시쯤일까.

"나는……."

이윽고 나는 머뭇거리며 입을 열었다.

"……너의 그 눈에 정말로 내 모습이 보이니?"

미사키 메이는 입술에 희미한 미소를 떠올리며 말했다.

"이쪽 눈에."

신비한 힘을 가졌다는 인형의 눈을 왼손으로 살며시 가리면서.

23

나는 주뼛주뼛하며 다시 한 번 거울로 눈길을 향했다.

조금 전에 봤을 때는 보이지 않았던 모습이 그곳에 비쳐 있었다.

미사키 메이의 옆—내가 지금 서 있는 그 위치—에 서서 고개를 조금 기울이고 이쪽을 보고 있는…… 메이보다도 작은 남자아이의 모습…… 히라쓰카 소우.

이제까지 자각하고 있던 것과는 입고 있는 옷도 달랐다. 중학생 같은 하얀 긴소매 셔츠에 검은 바지가 아니라 노란 반팔 폴로셔츠에 청바지. 그 옷도 얼굴도 머리카락도 팔도…… 먼지나 진흙 등으로 몹시 더러워져 있다. 눈은 충혈되고 뺨에는 눈물 자국이 남아 있다. 저것이…….

저것이 나인가. 나란 말인가.

저것이…….

거울을 보는 채로 움직여보았다. 안에 있는 남자아이도 똑같이 움직인다.

걸어보았다. 안에 있는 남자아이도 똑같이 걸었다. ……왼쪽 다리를 부자연스럽게 끌지도 않고.

(……잊어버려)

이때 문득 들려온 목소리

(이 집에 대한 것은 전부)

거울 안의 남자아이 곁에 흐리멍덩하게 쓰키호의 모습이 보였다. 창백한 얼굴, 표정이 긴박하게 굳은 쓰키호의 환영이.

(……잊어버리렴)

아아…… 그런 건가.

그날 밤 사카키 테루야의 죽음을 목격하고 큰 충격을 받은 나머지 망연자실해졌다가 반실신 상태에 빠진 히라쓰카 소우. 그런 소우에게 쓰키호는 명령했던 것이다.

오늘 밤 이곳에서 보고 들은 것은 전부 잊어버리라고.

오늘 밤 이곳에서는 아무 일도 없었어, 넌 아무것도 못 본 거야, 라고. 분명 그런 암시도 했을 것이다. 그래서 소우는 그렇게······.

"······아아."

나는······ 나는 몸속에서 모든 것을 토해내듯 길고 깊은 한숨을 내쉬고 미사키 메이의 얼굴을 살짝 엿본다. 그녀는 말없이 고개를 끄덕여 보일 뿐, 그 이상은 아무 말도 하지 않았다.

다시 한 번 한숨을 더욱 길고 깊게 내쉰다. 나=사카키 테루야는 떠나고, 그다음에는 '나'만이 남겨졌다.

"······잘 가요."

그런 목소리가 들렸다.

올봄까지는 맑은 보이 알토였지만, 갑자기 시작된 변성기 탓에 이상하게 쉬어버린(잘 가요······ 테루야 삼촌) 내 목소리가.

Outroduction

1

'요미의 해질녘의, 공허한 푸른 눈동자의' 지하 전시실. 지하창고 같은 이 방 한쪽 구석, 여전히 해질녘 같은 어둑어둑함 속에서.

미사키 메이가 이야기한 '올여름의, 또 한 명의 사카키 이야기'를 다 듣고 나서 나는 몇 번인가 심호흡을 거듭했다.

이 지하실 공기에는 이미 익숙해졌다고 생각했는데도 이야기가 종반에 접어들 무렵부터 점점 묘한 기분에 사로잡히기 시작했다. 내뱉는 단어 하나하나가 진열된 인형들의 '공허함'을 증폭시켜서 그곳으로 내가 빨려들어 가버릴 것만 같은……

아마도 그것에 저항하려는 마음도 분명 작용했을 것이다.

나는 일부러 가벼운 어조로 이런 코멘트를 했다.

"결국 진짜 유령 같은 건 없다는 얘기인가."

너무 가볍고 단정적인 말이라 김이 샐 정도였다. 사실 나는 그 진상을 이야기 중반부터 어렴풋이 예감하긴 했다.

왜냐하면…….

8월의 그 반 합숙이 있던 날 밤에 메이는 말했으니까.

'사키타니 기념관' 1층에서 '인형의 눈'의 비밀을 이야기해 줬던 그때. 유령 종류를 본 적이 있느냐고 내가 물었을 때 "아니, 한 번도"라고 그녀는 대답했으니까. 유령의 존재 자체에 대해서는 분명 "나는 알 수 없어"라고도 말했다. "기본적으로는 아마 없지 않을까"라고도.

메이의 인형의 눈에 비치는 것은 어디까지나 '죽음의 색'뿐이다.

영혼이 보인다든가 죽음을 예지할 수 있다든가 하는 그런 종류의 능력과는 별개일 것이다……라는 것이 내 이해이기도 했고.

"요컨대 어린아이의 일인극이었구나."

이어서 나는 더욱 단정적인 표현을 하고 말았다. 가부키나 일본무용에서 인형 같은 몸짓으로 움직이는 '인형 연기'에 빗대서 어린아이가 연기하는 '어른 연기' '유령 연기'라는 이미지가 떠오르기도 했지만, 메이는 그 말을 듣더니 "으음" 하고 가볍게 고개를 갸웃했다.

"그런 식으로 정리해버리는 건 맘에 안 들어."

"어…… 그렇구나."

"진상은 확실히 소우 군의 '잘못된 믿음'이었으니 그렇게 말할 수도 있겠지만…… 하지만."

입을 다물고 메이가 싸늘하게 오른쪽 눈을 가늘게 뜨는 것을 보고 나는 조금 당황했다. 자세를 바르게 하고 다시 심호흡을 한 뒤 "하지만"이라고 운을 떼고 그다음을 얌전히 헤아려보더니,

"그 애로서는 엄청나게 절실한 문제였겠지."

하고는 "응" 하고 진지한 얼굴로 끄덕여 보였다.

"그건 이해하지만…… 뭐랄까, 아주 복잡하고 미묘하다고 할까. 제대로 설명하는 것은 어려워 보이네. 소우 군 마음속에서 실제로 무슨 일이 일어나고 있었는지."

"……그렇네."

입술을 당기며 메이도 끄덕였다.

"전체적인 이야기는 본인에게 들었고, 사실 관계도 일단 확인되었지만…… 하지만 그 이상은…… 아무리 깔끔하게 설명하려고 해도 완벽히 할 수 있는 것이 아니야."

"인격분열이라든가, 빙의현상이라든가 하는 이야기가 되는 걸까."

자신이 사카키 테루야의 유령이라고 강하게 믿어버리고, 나와 있는 동안에는 어디까지나 그 유령으로서 사물을 느끼고 생각하고 행동했던 히라쓰카 소우. 그 애의 심리 상태를 생각할 때 저절로 떠오르는 말과 개념이었다. 그러나.

"뭔가 조금 다르다는 느낌이 드네."

내가 말을 꺼내놓았으면서도 곧바로 취소하고 싶어졌다.

과연 기존에 있는 그런 용어를 적용해 설명한다고 해서 해결되는 것일까. 문득 그런 의문이 들었다. 이런 의문은 메이로서도 마찬가지인지,

"소우 군의 그것을 마음의 병 같은 것으로 취급해서 전문가가 병명 따위를 붙여주는 것은 헛된 일이라고 생각해. 그런 식으로 단정지어서 납득하고 싶은 사람은 많겠지만."

하고는 입술을 꾹 당겼다.

"조금 전에 사카키바라 군은 '아주 복잡하고 미묘하다'고 말했지?"

"아…… 응."

"'미묘'라는 표현에는 찬성이야. 하지만 '복잡'한 듯 보이는 것은, 사실은 단순하면서 소박한 요소 몇 가지가 모이고 얽혀 있는 것뿐이야. 그런 식으로 생각돼."

"단순한 것이 몇 가지?"

"키워드를 늘어놓아볼까?"

메이는 천천히 오른쪽 눈을 감았다가 떴다.

"어린아이, 어른, 죽음, 유령, 슬픔…… 그리고 '이어진다'일까."

"저기, 그건……."

"말 하나하나를 놓고 보면 단순하지. 하지만 그것이 조금씩 독자적인 의미를 띠면서 얽히고 뒤틀리며 일그러지고…… 그 결과로 소우 안에 사카키 씨 유령이 생겨나버렸던 거야."

"좀 더…… 설명해주지 않을래?"

"이 이상의 설명은 유치한 거 아니야?"

미사키 메이는 일부러 그러는 것인지 조금 심술궂은 미소를 얼굴에 떠올렸다.

"국어시험 문제도 아니고…… 말이야."

그 말에 나는 "으으음" 하고 신음하며 팔걸이의자 등받이에 몸을 기댔다.

"그렇지. 하지만……."

그러자 미소를 지우고 메이가 말을 이었다.

"우선 5월 3일 호반의 저택에서 일어난 사건에 대해서는 다시 한 번 정리해보기로 하자. 이것은 이것대로 확실히 파악해두는 편이 좋을 것 같아."

2

사카키 테루야는 계속 '슬픔' 속에서 살아왔던 것으로 추측된다고 했다.

11년 전에 있었던 '1987년도의 참사'로 많은 친구들을 눈앞에서 잃은 슬픔. 또 뒤이어 어머니를 잃은 슬픔…….

재앙에서 도망치기 위해 가족 전체가 요미야마에서 탈출한 것은 좋았지만, 그곳에 남겨진 반의 관계자들은 멈추지 않는 재앙으로 계속해서 목숨을 잃어갔다. 자기만 도망쳐서 목숨을 건졌다는 꺼림칙한 기분도 분명 있었을 것이다. 몇 년이 지나도 사라지지 않는 그 꺼림칙함, 그리고 슬픔.

그런 가운데 언젠가부터 사카키는 죽음을 두려워하면서도 죽음에 이끌리게 되었다.

대학을 그만두고 이곳저곳을 여행하며 돌아다닌 것도 어쩌면 그의 입장에서는 작은 동물을 키우다가 정원에 그 묘표를 늘려나간 것과 마찬가지로 죽음의 의미를 묻기 위한 행위였는지도 모른다.

이윽고 그의 마음은 '하나의 방향'으로 정해져갔다.

사라지지 않는 슬픔 속에서 이렇게 계속 살아가기보다 차라리 자신도 죽어버리는 편이 낫다. 그렇게 하면 이 슬픔에서 해방될 수 있다. 그렇게 하면 먼저 죽은 '모두'와 이어질 수도 있을 것이다.

그러니까 이제는…… 그렇게 그는 결심에 이른 것이다. "그 밖에 더 바랄 것은 없다"라고 스스로의 삶을 포기하고. 그리고…….

사카키가 그 결심을 실행에 옮기려고 한 것이 그의 스물여섯 번째 생일이기도 한 5월 3일 밤이었다. 'Memories 1998'에 유서 같은 문장을 적고, 목을 맬 로프를 준비한 뒤에 술과 약을 먹고…… 그리고 이제 막 결행하려는 순간에 뜻밖에도 쓰키호가 소우를 데리고 찾아왔다.

그 뒤에 불행히도 그가 2층 복도에서 추락해 사망한 경위는 소우가 '사카키 테루야의 유령으로서 기억하고 있던 사실'을 믿어도 될 것이다. 실제로 그것은 쓰키호를 뒤따라 2층으로 간 소우 자신이 보고 들은 사건의 기억을 바탕으로 사카키의 유령 시점에서 재구성한 것이겠지만.

아버지나 친형처럼 따랐던 사카키가 숨이 끊어져가는 모습을 실시간으로 목격한 소우는 큰 충격을 받은 나머지 망연자실하고 거의 실신상태에 빠졌다. 그때 어쨌든 쓰키호는 홀 바닥으로 떨어진 사카키 곁으로 일단 달려갔고, 그에게 숨이 붙어 있지 않다는 것을 확인한다. 여기서 그녀가 내린 판단, 선택과 행동이 이후의 전개를 결정짓게 된다.

그녀는 반 실신상태의 소우를 적당한 장소에 눕혀둔 다음 전화를 걸었다. 구급대나 경찰을 부르기보다 먼저 남편인 히라쓰카 슈지에게.

"큰일 났어요. 큰일이······."

그런 쓰키호의 목소리가 띄엄띄엄 들렸던 것 같다······. 이것은 나중에 소우가 메이에게 들려준 소우 자신의 기억이라고 한다.

"······네?"

놀라는 쓰키호의 목소리.

"하지만, 하지만 그럴 수가······."

그녀는 전화로 누군가와 이야기를 하고 있다. 상대는 아무래도 슈지 같다. 말투로 보아 그렇게 추측이 갔다고 한다.

"아아······ 네, 네. 아, 알았어요. 어쨌든 빨리······ 네······ 부탁해요. 기다릴게요."

잠시 후 히라쓰카 슈지가 달려왔다. 의사 자격이 있는 그는 사카키의 사망을 확인하고서 자세한 사정을 쓰키호에게 들었고······ 그리고 이 부분부터 소우의 기억은 점점 흐려지기 시작해서 이후로는 대부분이 추측이다.

사건을 경찰에 신고해야 할 것인가.

사카키 테루야가 당일 밤에 자살하려고 했던 것은 확실하지만 결과적으로 그를 추락하게 만든 것은 쓰키호였다. 실제로는 불행한 사고였다고 해도, 과실치사의 책임을 지게 될지도 모른다고 그녀는 두려워했다. 어쩌면 경찰이 엉뚱한 의심을 할지도 모른다고도.

애초에 가족—슈지한테는 매제—이 자살을 꾀했다는 것부터가 그 지역의 명가인 히라쓰카 가로서는 세상에 알리고 싶지 않은 커다란 불상사였다. 게다가 여기에 쓰키호마저 그런 형태로 엮여 있다. 이렇게 되면 이 일은 더더욱 공개하고 싶지 않다. 가을에는 선거도 앞두고 있다. ……의논한 끝에 두 사람이 내린 결론.

그것이 즉 '은폐'였다.

사카키 테루야가 오늘 밤 여기서 죽었다는 사실은 없는 일로 한다. 당분간 어딘가 장기 여행을 떠난 것으로 하자. 그에게는 실제로 그런 방랑벽이 있었으니까 결코 부자연스러운 시나리오는 아니다. 친한 친구도 거의 없었으니 최종적으로는 '여행을 떠난 채로 소식 두절'로 결론 내릴 심산도 있었을 것이다.

어쨌든 그러기 위해서는 시체를 처리해야만 한다. 제3자에게 발견되지 않도록 어딘가에 버리거나 숨겨야만 한다.

"하다못해…… 여기에."

거기서 쓰키호가 이런 말을 꺼냈을 것이라고 생각된다. 이것도 소우가 띄엄띄엄 이어지는 의식 속에서 듣고 기억하고 있던 말의 단편이었다.

"……이 집에."

시체를 처리하는 방법에는 숲속에 묻거나 바다나 호수에 가라앉히거나 하는 등 선택지는 얼마든지 있었을 것이다. 그러나 그녀는 그 점에서만큼은 물러서지 않았다.

돌아가신 아버지가 사랑한 호반의 저택은 사카키에게도 강한 애착이 있는 특별한 집이었다. 쓰키호는 그 점을 잘 알고 있었다. 그래서 자신들의 사정 때문에 그의 죽음을 은폐한다고 해도 시체는 하다못해……라고 부탁했던 것이다.

하다못해, 여기에.

이 집에.

이 집 안 어딘가에, 라고.

결국 슈지는 그녀의 부탁을 들어주었다. 장래에 사카키 테루야가 '소식두절'인 채로 실종 선고, 사망 인정을 받을 날이 오게 되면 호반의 저택은 친누나인 쓰키호가 상속하게 된다. 다른 사람의 손에 넘어갈 걱정은 없다. 그것을 예측한 판단이었는지도 모른다. ……그리하여.

시체를 숨길 장소로 선택된 곳이 오랫동안 전혀 사용되지 않고 그 존재를 아는 사람도 적은 지하실 중 한 곳이었다.

두 사람은 시체를 그곳으로 옮기고, 방 자체를 '없는 것'으로 만들기로 했다. 문이나 채광창을 막는 공사는 슈지가 직접 했든가, 몰래 일손을 수배해서 시켰을 것이다. 건설 관련 사업에도 손을 뻗고 있는 인물이니 결코 어려운 일은 아니었을 테고…….

시체를 봉인할 때 사카키의 수동 카메라를 곁에 놔둔 것은 분명 쓰키호의 부탁이었을 것이다. 관에 고인의 애용품을 집어넣는 것과 같은 의도였으리라.

일기장을 같이 놔둔 것은 아마도 증거인멸을 위해서였을 것이다. 자살 전의 유서로 보일 만한 문장이 기록되어 있는 것을 침실이나 서재에서 발견하고는 그대로 내버려두는 것은 좋지 않다고 판단했다. 찢거나 태워버려도 좋았겠지만, 그렇게 하지 않은 것은 최악의 사태를 상정한 '보험'이었는지도 모른다.

만에 하나라도 '없는 것'으로 만든 지하실의 존재가 발각되고 시체가 발견되는 사태가 벌어지더라도 이 일기의 '유서'는 의미를 갖는다. 사카키의 죽음은 원래부터 자살이었다는 주장을 납득시키기 위한 유력한 증거가 될 수 있다. 그런 식으로 생각해서…….

3

"그 지하실은 원래 난로실로 쓰였던 방인 모양이야."

그런 설명을 덧붙이며 메이는 원탁 위를 흘끗 보았다. 시선 끝에는 그 스케치북이 있다.

"커다란 석탄 난로를 때고 그 연기를 배출하는 연통을 건물 곳곳으로 통하게 함으로써 겨울에 난방을 하는 구조였대. 그렇지만 오래전부터 쓰이지 않게 되었고, 사카키 씨 아버지가 그 집을 구입한 뒤로도 방치되어 있었어."

"소우 군이 쥐고 있던 검은 돌멩이라는 건 역시 석탄?"

내가 묻자 메이는 "맞아"라고 끄덕였다.

"오래전부터 있던 석탄 조각이 떨어져 있던 것을 새까만 어둠 속에서 손을 더듬으며 움직이던 중에 주웠던 거라고 생각해."

……그렇다고 해도.

히라쓰카 소우는 8월 2일 밤, 대체 어떻게 그 방에 들어간 것일까. 문도 채광창도 전부 막혀서 드나들 틈이 없었을 텐데.

나의 이런 의문에 메이는 가벼운 목소리로 대답했다.

"우연이었던 모양이야."

"우연?"

"원래가 그런 용도의 지하실이었기 때문에 밖에서 직접 석탄을 집어넣기 위한 통로라고 할까, 구멍이 있었어. 지상에서 비스듬히 방까지 내려가는 터널 같은."

빌딩의 더스트슈트 같은 것을 상상하면 되는 것일까.

"이것도 예전에 존재 자체가 잊혀서 쓰키호 씨 쪽도 몰랐어. 문과 창문을 막는 공사를 할 때도 아무도 깨닫지 못했던 거지. 실내 쪽에 나 있었을 석탄 떨어지는 구멍도 아마 잡동사니나 뭔가로 반쯤 막힌 상태였는지도 모르고."

"그 구멍을 소우 군이 발견해서?"

"정말로 우연이었던 것 같아. 그날 지하실 채광창 숫자가 줄어든 것을 깨닫긴 했지만 진짜 유령이 아닌 그 애가 벽을 통과할 수는 없어. 망연자실한 채 부근을 어슬렁거리던 중에 우연히 지면에 있는 낡은 쇠뚜껑을 발견해서 열어보고……."

"그곳으로 들어갔구나."

"본인은 의미를 잘 몰랐던 것 같아. 실제로는 구멍에 떨어졌다는 감각이 아니었을까. 생각지도 못한 충격이 있었다고도 말했으니까. 그때 입은 듯한 상처도 여기저기 많이 있었고……."

8월 2일 밤, 메이가 소우를 지하실에서 구출해낸 뒤에 이래저래 큰일이 있었던 듯하다. 당연히 그랬으리라는 것은 상상만으로도 알 수 있었다.

"망설였지만, 역시 키리카 씨에게 연락할 수밖에 없었어. 간략하게 사정을 이야기해서 아버지에게도 말해서 바로 와달라고 했고."

"히라쓰카 가 쪽에는 소우 군이 없어진 것으로 소동이 벌어지지는 않았어?"

"눈치채지 못했던 것 같아."

메이는 대답했다. 기분 탓인지 아연실색한 듯한 목소리로.

"소우 군은 5월의 사건 이후로 집에서는 방에 줄곧 틀어박혀 있었던 모양이야. 그날도 쓰키호 씨는 그 애가 저녁부터 외출한 것을 몰랐었대."

"으음, 그렇게 듣고 보니 어쩐지……."

히라쓰카 가에서 소우가 느꼈던 고독이 내 앞으로 들이밀어진 기분이었다. 분명 5월의 사건 이전부터 기본적인 가정환경은 그런 분위기였으리라.

"그리고 뭐, 이런저런 일이 있었고…… 결국 경찰도 왔어. 소우 군은 어쨌든 병원으로 가게 되었어. 나도 경찰에게 이런저런 질문을 많이 받았지만……."

그 뒤에 사건이 어떻게 처리되었는가에 대해서는 불명확한 점이 많다고 한다. 지하실에서 발견된 시체가 대중에게 보도되는 일은 없었고 시체 유폐와 그 밖의 용의로 히라쓰카 부부가 체포되는 일도 어째서인지 결과적으로는 없었다.

다만 히라쓰카 슈지는 가을 초에 예정되어 있던 선거 출마를 취소했다. 그 일에 어떠한 '어른들의 사정'이 있었는지는 알 수 없다. 메이가 키리카 씨에게 사정을 물어봐도 얼버무리는 대답밖에 돌아오지 않았다고 한다.

4

히라쓰카 소우는 어째서 자신이 사카키 테루야의 유령이라고 믿게 되었을까.

유치하다는 말을 듣는 것을 감수하면서 그 뒤로 나는 그 해석을 시도했다. 그렇게 하지 않을 수 없었다. 메이가 조금 전에 말한 '키워드'를 단서로 삼아……

"소우 군은 사카키 씨를 아주 좋아했던 거겠지. 소우 군에게 사카키 씨는 그야말로 아버지나 친형 같은 존재였으니까……."

†

어른이 되고 싶어? 아니면 되고 싶지 않아?

……양쪽 다 아니야.

양쪽 다?

어린애는 부자유하고, 하지만 어른은 싫고.

싫은 건가?

사람에 따라 다르지만. 내가 좋아하는 어른이라면 얼른

되고 싶어.

✝

"한편으로 소우는 어른을 싫어했어. 상상하건대, 사카키 씨 이외의 어른은 대부분 싫었을 거야. 쓰키호 씨 재혼 상대인 히라쓰카 씨도, 재혼 후 낳은 미레이에게만 애정을 쏟는 쓰키호도, 아마도 학교 선생님들도…… 그래서.

그래서 소우는 생각했어. 좋아하는 어른이라면 얼른 되고 싶다. 그것은 즉 사카키 씨 같은 어른이라면 얼른 되고 싶다는 뜻이고……."

✝

사람은 죽으면 어떻게 돼?
— 응?
죽으면 저세상에 가는 거야?
글쎄…… 어떻게 되려나.

✝

유령이란 건 있는 거야? 혼이 이 세상에 남으면 유령이 되나?
유령 따윈 없다. 어른으로서 이렇게 대답하고 싶지만……

으음, 어쩌면 있다고 해야 할지도 모르지.

흐음.

있었으면 좋겠다, 라는 마음이 있는 건지도.

†

"그런 사카키 씨가 소우 군의 눈앞에서 죽어버렸어. 지금 현재 자신이 가장 좋아하고 소중하게 생각하는 사람. 장래에 자신이 유일하게 '되고 싶다'라고 생각했던 어른. ……그런 사카키 씨가.

소우 군은 '사카키 씨는 이제 없다'라는 현실을 받아들이고 싶지 않았어. 그렇지만 죽은 사람은 되돌아오지 않지.

소우 군은 장래에 되고 싶다고 생각했던 '이상적인 어른'을 잃고 말았어. 그 사람이 될 수 없다면, 부자유한 어린아이인 채로 남는 편이 낫다고 생각했어. 그렇지만 언젠가는 아무리 거부해도 그 자신도 어른이 되어버리지……."

†

죽더라도 유령이 되는 사람과 되지 않는 사람이 있어?

이 세상에 원한이나 미련을 남기고 죽으면 유령이 된다고들 하지.

참혹한 일을 당해서 죽었다든가 해서? 요쓰야 괴담의 이와 씨처럼?

그건 자기한테 참혹한 짓을 저지른 자에게 원령이 돼서 복수한다는 전설이지. 그런 것 말고는……그렇지. 소중한 사람에게 마음을 전하지 못한 채로 죽었다든가, 다른 사람들에게 제대로 추도받지 못했다든가…….

†

"만약 그날 밤 쓰키호 씨 부부가 구급대나 경찰을 불렀더라면. 사카키 씨의 죽음이 공표되어서 장례나 매장도 제대로 진행되었다면…….

그랬다면 소우 군이 '유령'이 될 일은 없었겠지.

그렇지만 현실은 달랐어.

소우 군은 쓰키호 씨에게 오늘 밤의 사건은 잊으라는 강요와 암시를 받고…… 사건으로 인한 충격으로 실제로 그날 밤의 기억을 봉인하고 마음을 닫아버렸어. 사카키 씨의 죽음은 은폐되고, 제대로 추도받지 못한 채로……. 거기서 소우 군의 마음속에 '사카키 테루야의 유령'이 각성되어 가끔씩 나오게 된 것이겠지. 한편 소우 군 입장에서 그것은 2중의 의미로 그 애 자신의 바람을 이루는 것이 되기도 했어.

그 한 가지 바람은 사카키 씨가 '이 세상'에 머물러주기를 바라는 마음. 죽어도 유령이 되어서 자기 곁에 있어주었으면

하는 마음이지.

다른 한 가지는 '싫은 어른'이 아니라 '아주 좋아하는 어른'이 지금 되어버렸으면 좋겠다는 바람. 싫은 어른이 될 바에야 어른아이인 채로 남고 싶다. 그렇지만 언젠가 어쩔 수 없이 자신은 어른이 된다. 그렇다면 지금 '아주 좋아하는 사카키 테루야의 유령'이라는 '어른'이 되어버리고 싶다. 그렇게 해서 어떤 의미로, 자신의 시간을 멈춰버리고 싶다는 바람이기도 하지 않았을까……."

†

나는…… 사람은 죽으면 어딘가에서 모두와 이어질 수 있지 않을까. 그런 생각을 하기도 해.

'모두'라는 건 누구야?

먼저 죽어버린 다른 사람들.

†

"이렇게 해서 소우 군이 사카키 테루야의 유령으로서 눈을 뜨고, 이따금씩 이쪽저쪽에 나와서는 '유령'으로서의 기억을 되찾아가던 중에 행방이 묘연한 사카키 씨의 시체를 찾기 시작한 것은…… 거기서부터는 '대행(代行)' 같은 행위였는지도 모르겠네.

소우 군 자신의 바람을 이루기 위해서라기보다 어디까지나 사카키 테루야의 유령이 죽은 나=사카키 테루야를 위해서 하려던 행동이었어. 시체를 찾아내서 일반에게 공표하고, 그렇게 해서 본래 있어야 할 '죽음'이 찾아오면 나=사카키 테루야는 모두와 이어질 수 있어. 사카키 씨는 계속 그렇게 되길 바랐을 테니까…… 그러니까."

5

"어때?"

'유치한' 설명을 끝마치고 나는 몹시 긴장하면서 메이의 반응을 살폈다.

메이는 점잔 빼는 표정으로 팔짱을 끼고는 대답했다.

"뭐, 그럭저럭."

왠지 언젠가의 치비키 씨 모습이 그녀에게 겹쳐 보였다.

"올바른 답을 제시할 수 있을 만한 문제도 아니고……다만."

"뭔데?"

"이런 식으로 비유하는 것도 유치하다는 기분이 들지만, 왠지 난 그 '유령'은 신기루 같은 것이 아니었을까 하고 생각해."

"신기루?"

그러고 보니 이야기 속에 언뜻 하나미초의 바다에서 보이는 신기루에 대한 에피소드가 나왔던가.

메이는 "맞아"라고 대답하며 오른쪽 눈을 감았다.

"나왔다가 사라졌다가 하는 환상의 풍경. 원래의 풍경이 공기의 온도 차로 빛이 굴절되어, 또 다른 장소에 늘어나거나 줄어들거나 혹은 거꾸로 뒤집혀 보이는…… 일그러진 허상."

"아아, 그렇지."

"계속 주위 사람들에게 보이고 있던 것은 히라쓰카 소우라는 남자아이의 실상이었어. 하지만 그 아이 자신에게 보였던 것은 그런, 신기루처럼 일그러진 자기 자신의 허상이었던 거야. 그것이 사카키 테루야의 유령."

"아아……."

"공기의 온도 차라는 이야기는 곧, 공기에 포함된 분자의 운동량 차이잖아? 단위시간 분의 밀도 차라고도 할 수 있지."

"그런 걸까."

"소우 군의 경우에는 굴절의 원인이 마음의 온도 차였던 거야. 마음속 '슬픔'의 밀도 같은 것이. 그것이 너무 높아서 본래의 모습이 일그러진 허상으로…… 그런 생각이 들어."

메이는 "후우" 하고 숨을 내쉬고, 나는 "흠흠" 하고 고개를 끄덕여 보였다.

괜히 논리정연하게 설명하기보다 이런 비유를 드는 편이 훨씬 쉽게 와 닿는구나, 라고 생각하면서도…….

"유치한 이야기를 한 김에, 이런 룰을 생각해봤는데 말이야."

"룰?"

"룰이라기보다 '사카키 테루야의 유령'의 인식 패턴."

"으음?"

메이는 흥미로운 듯 이쪽을 바라보았다.

나는 다시 몹시 긴장하면서 조금 전부터 머릿속에서 정리해보던 그 문제를 꺼내놓았다.

"소우 군은 '유령'으로 나와 있는 동안 자기 자신에 대해서 어떻게 인식하고 있었을까. 이건 언제 어떤 상황에서도 똑같은 것은 아니었을 거야. 아마도 대개 이런 패턴으로 나뉘어 있을 거라고 생각하는데 말이지……."

그리고 내가 제시한 것은 다음과 같은 세 가지 '패턴'이었다.

① 그 장소에 자기 혼자만 있을 때. '사카키 테루야의 유령'은 그곳에 있는 히라쓰카 소우의 실체를 '없는 것'으로 인식한다. 그러므로 설령 거울을 보더라도 자기 자신=소우 군의 모습이 보이지 않는다.

② 다른 사람이 같이 있으며, 그 사람(들)이 소우 군의 존재를 인식하고 있을 때. 그 자리에서는 유령도 '소우가 있는 것'을 인식한다. 유령은 유체이탈한 '혼' 같은 시점을 임시로 구성하여 자기 자신=소우의 모습이나 언동을 파악하고 있다.

③ 다른 사람이 같이 있으며 그 사람에게는 유령인 자신이 보이는(유령인 자신을 보고 있다고 유령 자신이 인식하는) 경우. 그 사람과 단둘이 있는 자리에서는 ①에 준해서 소우를 '없는 것'으로 인식한다.

"이 3번에 해당하는 유일한 상대는 요컨대 미사키 메이였어."

그녀가 말한 이야기의 세부를 떠올리면서 나는 말을 이었다.

"예를 들면 미사키 가의 별장에서 열린 다과회에 유령이 나왔을 때. 네가 왠지 모르게 부르는 듯한 분위기로 혼자 테라스로 나가는 것을 보고 소우 군도 뒤따라 밖으로 나갔잖아? 그렇게 해서 단둘이 있게 되자 그 애는 유령으로서 너에게 말을 걸었어. 그 대신 그 자리에 있는 소우 군 자신은 '없는 것'이 되었고……

그런데 그곳에 미사키의 아버지가 나오셨지. 아버지는 그 자리에 소우 군이 있는 것으로 행동하니까, 그렇게 되면 유령 쪽의 인식도 전환해야만 해. 그래서 너에게 직접 말을 걸지 않게 되거나 사라지려고 하거나…… 뭐, 그런 거지."

잠시 후에 메이는 "정말 그렇네"라고 수긍했다.

"그런 느낌이었다고 생각해."

"거기서 말인데……."

나는 그다음 이야기로 넘어갔다.

"몹시 신경이 쓰였던 것이, 애초에 왜 소우 군은 오해를 했는가 하는 문제야. 미사키 메이의 왼쪽 눈에는 유령인 자신이 보인다, 보이고 있다, 라는 오해를."

이것은 제대로 확인해두고 싶다.

방금 전에 메이가 한 이야기는 지금 돌이켜봐도 어째서인지 신기했다. 두 사람이 올여름에 호반의 저택 서재에서 처음 조우한 그때의 상황은 '왼쪽 눈의 안대를 벗자마자 그때까지 보이지 않았던 유령이 보였다'라고밖에 생각되지 않으니까.

"그건……."

안대 테두리에 손가락을 대면서 메이는 담담하게 대답했다.

"그것도 정말 작은 우연이 겹쳐서 그런 결과가 됐을 뿐이야."

"우연이 겹쳐서?"

"그래. 그날 호반의 저택에 도착하고 실수로 그 자전거를 넘어뜨렸을 때, 2층에서 이쪽을 흘끗 보는 사람의 형체가 보였어. 그래서 분명히 사람이, 적어도 소우 군이 안에 있을 거라고 생각하고 현관 초인종을 눌러보았는데 아무도 나오지 않는 거 있지. 그래서 뒷문 쪽으로 돌아 들어가봤어. 그랬더니 문이 열려 있었고, 들어가보니 신발도 있었어. 나보다도 사이즈가 작은, 더러워진 스니커즈가……."

메이는 2층으로 올라갔다. 서재 창문에서 사람의 모습이 보인 듯한 기분이 들어서 곧바로 그 방으로 향했는데…….

"마침 그때 정면 구석의 벽에서 올빼미 시계가 울려서 그 시계에 정신이 팔리고 말았어. 그다음에는 장식 선반에 있던 키리카 씨 인형에 시선을 빼앗기면서 방 안으로 들어갔고……."

이 시점에서는 들어가자마자 왼쪽 구석에 있는 책상 앞에 서 있던 소우 군의 모습은, 오른쪽 눈밖에 보이지 않는 메이의 '사각'이었기 때문에……

"단순히 물리적으로 보이지 않았던 것뿐이었어."

메이는 자신의 안대를 가리켰다.

"하지만 그 직후에……."

"안대를 벗었지?"

"더러워진 안대가 찝찝해서 벗었어. 그러자 거의 동시에 창밖에서 일제히 까마귀가 날아오르고……."

까마귀? 아아, 그러고 보니 그렇지, 그런 이야기였던가.

"나는 깜짝 놀라며 곧바로 창 쪽을 보았지. 날이 흐리기는 해도 밖은 밝아서 실내는 어두컴컴했지만, 까마귀가 창밖을 가로질러 간 탓에 밖이 어두워지고, 그 순간만 명암이 역전되어서 창유리에 실내 모습이 비쳤어. 그래서……."

"아…… 그런 건가."

나는 상황을 머릿속에 떠올려보고 간신히 깨닫고 납득했다. 메이는 말했다.

"그때 마침 창유리에 소우 군 모습이 비쳤던 거야. 물론 왼쪽 눈이 아니라 오른쪽 눈으로 보았지. 깜짝 놀라 돌아보았더니 그 애가 책상 앞에 있어서, 그래서 나는……."

―어째서.

저도 모르게 메이는 중얼거렸던 것이다.

―어째서 그런 곳에.

―보이는 거니? 너에게는, 내가…….

소우 군은 당황하며 물었다.

―보이는데…….

메이는 사실 그대로를 대답했다.

"그 뒤에 나눈 소우 군과의 대화는 처음에는 어찌어찌 아귀가 맞아떨어졌지만, 그 애가 '사카키 씨는 죽었다' '나는 그 유령이다'라는 인식을 아주 확고하게 하고 있어서…… 결국 내 쪽이 이야기를 맞춰주는 흐름이 되었어. 그때까지의 자세한 사정을 듣고, 듣는 중에 점점 소우 군의 심리상태를 이해하게 되었어. 그랬더니 왠지 지금 내가 '너는 소우 군이잖아?'라고 지적하는 것은 좋지 않겠다는 생각이 드는 거야……."

"그래서 그다음 다음 날 확인해보기로 했던 거구나. 키리카 씨에게 부탁해서 별장에 히라쓰카 가 사람들을 초대해서."

"그런 거야."

메이는 안대를 왼손 중지로 비스듬히 쓰다듬었다.

"사카키 씨는 실제로 어떻게 되어 있는가. 즉, 소우 군의 이야기가 어디까지가 사실인지 우선 확인해보고 싶어서. 쓰키호 씨 일행과 같이 있을 때면 그 애가 어떤 상태인지도 보고 싶었고……."

끄덕이는 대신에 나는 커다란 심호흡을 한다.

이젠 익숙해진 줄 알았는데 역시 이 지하실, 인형들의 '공허'에 가득 찬 공기에 내가 점점 빨려 들어간다는 느낌이 들기 시작했다. 그러자 어쩐지 지금 우리는 이런 식으로 '진상'을 이야기하고 있지만, 사실은 이쪽이 '신기루'인 것이 아닐까 하는 생각까지…….

그런 내 마음을 눈치챈 것일까.

"장소를 바꿀까?"

메이가 말했다.

"1층의 소파로 갈까? 이제 이 이야기도 거의 끝났지만."

6

생각해보면 아마네 할머니가 없는 1층 갤러리는 처음이었다. 휴관 중이라서 늘 관내에 흐르던 현악 멜로디도 없다. 에어컨도 꺼져 있어서 지하와 비교하면 조금 더운 느낌이 있었고……

비스듬히 마주한 형태로 소파에 앉자 메이의 숨결이나 그작은 변화가 전부, 아주 또렷하게 전해지는 것만 같아서, 그래서 나는 이제 와서 새삼스럽지만 조금 안절부절못하며 두근거리기까지 했다.

메이는 가지고 온 스케치북을 소파 팔걸이에 놓으려고 하더니, 그전에 "그렇구나"라고 혼잣말을 하고 스케치북을 다시 무릎 위에 놓았다. 왜 그러는 걸까, 하고 신경이 쓰였지만 "저기 말이야, 그러고 보니"라고 나는 입을 열었다.

"사카키 씨에게 전화를 걸었던 아라이라는 친구에 대한 일은 어떻게 된 걸까. 결국 알지 못하고 끝난 거야?"

"아니."

메이는 고개를 살짝 좌우로 움직이면서 스케치북을 펼쳤다. 작년 여름에 그렸다는 호반의 저택 그림을 여기에서 다시…… 펼친 것은 아니었다.

펼쳐진 페이지는 뒤표지 부근이었다. 페이지 사이에 얇은 하늘색 봉투가 끼여 있었다.

"확인해봤어, 그건."

메이는 아무것도 아니라는 듯 대답했다.

"나도 신경이 쓰여서 그날 밤 소우 군을 찾던 도중에 떠올라서 전화를 해봤어."

"그랬더니?"

"홀에 있던 전화기 본체에 부재 중 걸려온 전화 메시지도 전화번호도 남아 있었거든. 그 번호로 걸어봤지. '아라이 씨 댁인가요?'라고."

그렇구나. 깊이 생각해볼 것도 없이 그것이 가장 손쉬운 확인방법이다.

"……그랬더니?"

"전화를 받은 분은 상당히 나이가 많은 남자였으니 아라이라는 친구는 아니었겠지. '아라이 씨 댁인가요?'라고 물었더니 '아닙니다'라고 대답했어. 그래서 '그럼 그곳에 아라이 씨는 안 계신가요?'라고 다시 물었더니 무뚝뚝하게 '없습니다만' 하더라."

어떻게 된 일일까, 생각하는데 메이가 스케치북에 있는 봉투를 열고 안에서 뭔가를 꺼냈다.

"봐, 이거."

내밀어진 것은 한 장의 사진이었다.

그 순간 나는 "아……" 하고 신음했다.

"이건, 혹시?"

"11년 전 여름방학에 찍었다는 사카키 씨의 '추억의 사진'이야."

"이것이……."

나는 빤히 사진을 들여다보았다.

사진 오른쪽 아래에는 분명 '1987/8/3'이라는 촬영 날짜가 있었다.

호수를 배경으로 나란히 선 다섯 명의 남녀. 오른쪽 가장자리에 있는 사람이 사카키 테루야인가. 처음에 메이가 보여주었던 재작년의 사진과 연령대가 다르지만, 확실히 같은 인물이다. 다른 네 사람은 당시의 요미키타 3학년 3반 학생들이고…….

"그리고 그 메모가 이거야."

이어서 메이가 내민 메모용지를 받아 들고 그들의 성씨를 확인해본다.

오른쪽부터 순서대로 사카키(賢木), 야기사와(矢木沢), 히구치(樋口), 미타라이(御手洗), 아라이(新居).

메이가 말한 대로 이 중에 '야기사와'와 '아라이' 아래에는 ×표가, 그리고 '사망'이라는 글자가 적혀 있었다.

"통화를 하면서 나는 허둥거리는 척하며 물어봤어. '그럼 어느 분 댁인가요?'라고. 그랬더니 돌아온 대답이······."

메이는 내 손에 있는 사진에 시선을 떨어뜨리면서 말했다.

"저희 집은 미타라이 가입니다만, 이러더라."

"미타라이?"

"그 사진의 왼쪽에서 두 번째. 파란 티셔츠에 안경을 낀, 작고 통통한 남자. 그 사람 집이었나 봐. 미타라이 씨."

"하지만 전화번호에는 아라이라고······."

그 순간 깨달았다.

"혹시 아라이라는 건······."

"미타라이 씨의 별명이라고 할까, 친구들 사이에서 부르던 애칭이 아니었을까? 미타라이(御手洗)란 성씨의 맨 뒷글자인 洗만 떼어서 '아라이'로 읽은 거지."

"그러면 이쪽에 ×표가 붙어 있는 것은?"

"그 사람 성씨가 아라이였다면 발음이 똑같아서 혼동했던 거겠지. 그러니까 한자는 같은데 그 발음이 특이한 다른 성씨였을 거라고 생각해. '아라이'가 아니라 '니이이(新居)'가 아니었을까?"

"······허어."

"옛날에 죽은 사람은 그 니이이 씨 쪽이었어. 미타라이 씨는 살아 있었고, 그 뒤로도 사카키 씨와 관계를 지속하고 있었던 거지. 가끔씩 연락을 해오고······ 아마도 돈을 빌려달라든가 하는 용건이 아니었을까."

이렇게 해서 알고 보니 어쩐지 코미디 같은 진상이었다. 아라이=미타라이라는 지식이 없었던 사카키의 유령=소우는 필시 깜짝 놀라고 혼란에 빠졌을 것이 틀림없다.

― 그건 그렇다고 해도.

어째서 지금 이 사진이 여기에 있는 걸까. 메이가 호반의 저택 서재에서 멋대로 가지고 나온 것일까. 아니면……

나는 메이의 손 쪽을 살펴본다.

사진이 들어가는 크기의 옅은 하늘색 봉투. 겉에 주소가 쓰여 있고 우표가 붙어 있는 것이 흘끗 보였다.

누군가에게 받은 것일까? 그렇다면 누구에게?

내가 묻기 전에 메이가 입을 열었다..

"그런데…… 저기, 사카키바라 군. 그 사진을 보고 뭔가 느끼는 것 없어?"

7

"뭔가, 라니?"

나는 11년 전의 사진에 다시 눈길을 떨어뜨린다.

1987년도의 요미야마키타 중학교 3학년 3반 학생들. 사카키 테루야에게 초청받고 히나미초 호반의 저택에서 여름방학 동안 재앙이 미치지 않는 한때의 평화를 공유했던 그들. 그렇지만 그 후에 요미야마로 돌아간 사카키 외의 네 사람 중 야기사와와 니이이, 두 사람은 목숨을 잃게 되고……

"……잘 모르겠는데."

나는 메이의 얼굴을 보았다. 그러자 그녀는 오른쪽 눈을 가늘게 뜨며 말했다.

"부자연스러운 공간이 있는 거, 느껴지지 않아?"

"뭐?"

나는 다시 사진을 들여다보았다.

부자연스러운 공간? 부자연스러운…….

"……앗."

여기인가?

오른쪽 끝의 사카키 테루야하고 그의 왼쪽에 있는 야기사와라는 여자. 이 두 사람 사이에 존재하는 이…….

"떨어져 서 있잖아? 사카키 씨와 그 옆의 야기사와 씨."

메이가 말했다.

"떨어져 있는 모습이 왠지 부자연스러워 보이지 않아? 어쩐지 마치……."

"응. 어쩐지 마치……."

대답하면서 나는 떠올리고 있었다. 8월의 그 반 합숙 때사키타니 기념관 앞에서 찍은 두 장의 사진을.

피사체는 두 장 다 다섯 명이었다.

첫 번째 사진은 나와 메이, 카자미, 테시가와라, 미카미 선생님이 순서대로 나란히. 두 번째 사진에서는 테시가와라가 빠지고 모치즈키가 들어갔고, 모치즈키는 '동경하는 미카미 선생님' 곁에 찰싹 달라붙어 있었고…….

……즈웅, 즈우우웅.

흐릿한 중저음이 머릿속 어딘가에서 울리기 시작했다.

만약 그 사진을, 예를 들면 5년 후나 10년 후의 내가 봤다고 했을 때. 그때 그것은 어떤 식으로 보일까 하는 문제. 시간이 흐르는 것과 함께 올해의 '또 한 사람=망자'의 기억이 흐려지고, 사라지고…… 즈웅, 즈우우웅…… 그 사진에서도 그녀의 모습이 사라져버리고. 그리하여 분명 원래는 찍혀 있었을 인물이 찍혀 있지 않은 부자연스러운 공간이 그곳에 생겨나고…….

"……이거 말이야."

손에 든 사진을 들여다보는 채로 나는 말했다. 저도 모르게 비어 있는 손으로 가슴을 누르고 있었다. 가슴이 갑갑해서 숨차하는 듯한 목소리가 새어 나왔다.

"혹시 이거, 원래는 여기, 사카키 씨 옆에 누군가가 찍혀 있었던 거야?"

"그런 기분, 안 들어?"

"으……응."

"나는 그런 기분이 들어. 원래 그 사진에 찍혀 있던 누군가, 그 누군가가 분명 11년 전 3학년 3반에 섞여 있던 망자가 아니었을까 하고. 그리고……."

변죽 울리듯 말을 끊고 메이는 가느다란 손끝으로 하얀 안대를 쓸어내렸다. 어떠한 말이 그다음에 이어질까. 그녀는 "이제 알았지?"라고 말하고 싶은 듯했지만, 나는 전혀 짐작이 가지 않았다.

"그리고 말이야…… 그 누군가가 아마도 사카키 씨의 첫사랑이 아니었을까."

"뭐?"

"소우 군과의 다양한 대화 중에 사카키 씨가 이런 식으로 말한 적이 있던 모양이야……."

✝

사랑을 해본 적 있어? 첫사랑은?

…….

없어?

아니, 그게…… 있었……던 걸까.

사랑은 어떤 느낌이야? 즐거워? 괴로워?

그건…… 아, 아니, 나에겐 그 질문에 대답할 자격이 없을
지도 몰라.

어째서?

……기억해낼 수 없기 때문이야.

✝

아주 좋아했다…… 응, 그건 확실하고, 기억하고 있어. 아
주…… 좋아했다고 생각해. 하지만…….

하지만?

기억해낼 수 없는 거야. 대체 누가 그 상대였는지, 도저히.

✝

"호반의 저택 2층에 재앙기록의 방이 있었던 거, 얘기했지?
그 방 벽에는 이런 글자가 적혀 있었어. '너는 누구? 누구였
을까'라고."

"아…… 응."

"물론 이 사진을 찍은 여름방학 시점에서는 그해의 망
자가 누구인지, 사카키 씨도 다른 사람들도 몰랐어. 알 방
법이 없었지. 그런 와중에 사카키 씨가 그 소녀를 좋아하
게 되어버린 것이 아닐까. 그 소녀가 망자라는 건 알지 못한
채……."

1987년의 졸업식 뒤 그해의 '현상'이 끝나고 망자가 사라지자 앞뒤가 맞도록 날조된 다양한 기록도 원래대로 돌아온다. 그해의 그 소녀는 애초에 존재하지 않았던 것이 되고, 이윽고 당사자들의 기억에서도 그녀는 단속적으로 서서히 사라져버리는 것이다.

그녀를 사랑했던 사카키 테루야의 기억도 결코 이 룰에서 벗어날 수 없었다.

그해의 망자가 그 소녀였다는 것을 사카키는, 이를테면 요미키타의 동급생이었던 미타라이 모 씨로부터 졸업 후에 듣고 알게 되었는지도 모른다.

그녀를 사랑했던, 아주 좋아했다는 기억. 그 '마음의 형태'는 그녀가 사라진 뒤에도 그의 마음속에 계속 남아 있었다. 그렇지만 상대의 이름이나 얼굴, 목소리, 주고받은 말이나 함께 지낸 시간 등등의 기억은 시간이 흘러감에 따라 어쩔 수 없이 흐려지고 사라져갔던 것이다. 그리고 몇 년이 더 흐른 뒤에는 그녀를 둘러싼 모든 기억을 더 이상 도저히 떠올릴 수 없게 되었다.

……그래서.

그래서 그는…….

8

"사카키 씨가 죽음에 이끌려갔던 가장 큰 이유는 어쩌면 그 부분에 있었는지도 모르겠네."

몇 초간의 침묵 뒤에 나는 말했다.

"죽으면, 먼저 죽은 모두와 이어질 수 있다…… 그건 '모두'라기보다 '그 소녀'였던 것이 아닐까. 사카키 씨가 이어지고 싶었던 상대는."

"……그럴지도 몰라."

시선을 조금 내리깔면서 메이는 대답했다.

"나는 잘 모르는 감정이지만."

"그런…… 거야?"

"그런 식으로 사람을 아주 좋아해본 적은 아마도 없으니까."

"아마도?"

"그래…… 아마도."

나는 작게 한숨을 쉬면서 11년 전 추억의 사진을 다시 한 번 똑바로 본다.

사카키 테루야와 야기사와 모 씨 사이에 존재하는 부자연스러운 공간…… 아무리 눈을 크게 뜨고 봐도 역시 그곳에는 누구의 모습도 보이지 않았다.

왼손에 갈색 지팡이를 짚고 오른손을 허리에 대고 웃고 있는 열다섯 살의 사카키 테루야. 그 웃는 얼굴이 아주 즐거워 보이는 만큼 더욱 견딜 수 없는 답답함이 느껴진다.

"마지막으로 남은 수수께끼, 뭔지 알겠어?"

메이가 문득 말했다.

"수수께끼라니?"

나는 사진에서 눈을 들었다.

"사카키 씨가 숨을 거둘 때 내뱉은 말."

"아아…… '쓰' '키'라고 말한 그거?"

"응."

"그건……"

나는 역시 '쓰키호'의 '쓰키'였을 거라고 생각하고 있었는데.

자살을 제지하려는 쓰키호에게 마지막으로 뭔가 말하고 싶었다든가…… 그게 아니면.

"좀 더 깊이 파고드는 견해가 되겠는데…… 추리소설에서 말하는 다잉메시지로서?"

"흐음?"

메이는 수상쩍다는 듯 오른쪽 눈을 가느다랗게 떴다. 나는 생각을 이야기했다.

"쓰키호 씨는 사실 일부러 사카키 씨를 밀어 떨어뜨렸을지도 모른다는 얘기야. 마지막에 2층 복도에서 떨어질 때 사카키 씨는 자신을 향한 살의를 깨달았고, 그래서……."

"범인은 쓰키호 씨라고 말하고 싶었다?"

"뭐, 내 주관이지만."

그러자 메이는 살짝 입술을 내밀고는 나를 흘겨보며 말했다.

"기각하겠습니다. 만약 그렇다면 소우 군이 목격한, 사카키 씨가 죽기 직전의 표정은 이상하지 않아? 고통에서도 공포나 불안에서도 자유로워진 듯한, 이상할 정도로 평화로운 표정이었다고 했어. 그 상황에서 내뱉은 말이 '쓰' '키'였지."

"으음. 듣고 보니 그렇네. 그렇다면……."

그러면 뭐였을까? 나는 고개를 갸웃거린다.

그는 대체 마지막 순간에 무엇을…….

"요전에 말이야, 제2도서관에 갔다 왔어. 치비키 씨를 만나러."

메이의 말에 나는 조금 의표를 찔렸다.

"왜 또 거기에?"

"그 파일을 보여달라고 하려고."

그 파일…… 아, 치비키 씨의 파일? 26년 전 '시작의 해'부터 올해까지, 27년분이 되는 3학년 3반의 명부와 복사본을 철해놓은 그 새까만 표지의 파일링 노트.

"모든 기록이 '현상' 때문에 날조되거나 원래대로 돌아오거나 하는 와중에도 그 파일만은 어째서인지 부분적으로 간과되고 있는 것 같잖아? '있는 해'와 망자 이름의 메모 같은 것이 특히. 그래서 확인해볼까 해서."

거기까지 듣고 나는 간신히 눈치챘다.

"87년의 망자가 누구였는가를?"

"이것에 대해 사카키 씨는 몰랐던 거겠지. 혹시나 알았다면 가서 확인할 수 있었을 텐데."

그는 일찌감치 전학해버렸기 때문에 치비키 씨와 접촉할 기회가 없었을 것이다. 그러니까 그 파일의 존재를 알 방법도 없었고……

"그래서 말이야, 이름을 알아냈어. 87년도 망자의 이름."

"사카키 씨의 첫사랑 상대?"

메이는 조용히 끄덕이고는 말했다.

"사쓰키였어. 시노미야 사쓰키."

'시노미야'는 四宮, '사쓰키'는 沙津希라고 쓴다고 했다.

"알겠지? 그러니까……"

그러니까? ……아, 그렇구나.

"'쓰' '키'는 '사쓰키'의 '쓰키'였다고?"

"죽음을 목전에 두고서 사카키 씨는 기억해냈는지도 몰라. 사쓰키라는 그 소녀의 이름을. 그래서 그렇게 평온한 표정으로……"

맨앞의 '사'는 소리로 나오지 않았고 '쓰'와 '키'를 간신히 발음했다. 그 뒤에 벌어진 입의 둥근 모양—모음의 O처럼 보인 것—은 단순히 안도의 숨을 내쉰 것이었을까. 아니면 그녀의 이름에 이어서, 예를 들면 "보고 싶어"라는 말이라도 하려 했던 것일까.

"뭐, 내 상상이지만."

그렇게 덧붙이고 이번에는 메이가 작게 한숨을 쉬었다.

9

11년 전의 사카키와 사쓰카…….

손에 든 사진을 바라보며 나는 그 우연의 부합에 생각에 잠겼다.

'사쓰키'라고 하면 일본어로 '5월'을 뜻하는 발음이기도 하다. 5월이라고 하면 May=메이……일까.

아, 정말 어쩐지 이건…….

……즈웅, 즈우우웅.

어딘가에서 또 울리기 시작한 중저음을 지워버리려고 천천히 고개를 젓는다.

"이거, 어제 도착한 거야."

메이가 입을 열었다. 스케치북에 끼워져 있던 하늘색 봉투를 테이블에 놓고 손가락으로 가리키면서.

"누가?"

나는 물었다.

"누가 보냈어, 그거?"

"소우 군."

메이는 다시 봉투를 집어들었다.

"그 사진과 메모 외에 이 편지도 들어 있었어."

봉투와 같은 색의, 두 번 접은 편지지를 안에서 꺼내 이쪽으로 내밀었다.

"읽어봐도 괜찮아?"

"괜찮아."

편지지에는 이런 문장이 적혀 있었다. 아주 능숙한, 어른스러운 글씨로.

저는 이제 괜찮습니다.

이 사진을 받아주세요.

싫다면 버려도 괜찮습니다.

내년 봄에는 저도 중학생입니다.

언젠가 다시 만나고 싶습니다.

나는 아무 말도 하지 못하고 사진과 메모와 편지지를 정리해서 메이에게 돌려주었다. 그것들을 원래대로 봉투에 집어넣고 그녀 역시 아무 말 없이 봉투를 뒤집어서 스케치북 위에 겹쳐놓았는데…….

그때 봉투 뒷면에 적힌 발신인의 주소와 이름이 내 눈에 날아들었다. 한순간 의미를 파악할 수 없었다. 나도 모르게 "그럴 수가"라고 중얼거리고 메이에게 질문을 던졌다.

"어째서…… 언제부터?"

"글쎄? 자세한 사정은 알 수 없지만, 히나미초의 본가에 있을 수 없게 되었겠지."

"그런데 이 주소는……."

"친척이나 지인일지도 몰라. 당분간 그 집에 맡겨지게 된 게 아닐까."

"아아…… 하지만."

나는 잠시 동안 봉투 뒷면에 늘어선 글자들에서 눈을 뗄 수 없었다. 불온한 술렁임이 가슴에 퍼지는 것을 도저히 억누를 수 없었지만, 여기서 그 술렁임을 입 밖에 내서는 안 된다는 생각이 강하게 들었다.

에어컨이 꺼져 있는데도 흐릿한 바람이 느껴졌다.

살랑, 하고 차가운 공기가 움직였다.

주소는 가로쓰기로 '요미야마 시 토비이치초 6-6 아카자와'라고 적혀 있었다.

그리고 그 아래에 이름이……

'히라쓰카 소우'가 아니라 '소우'라고만 적혀 있었다.

작가 후기

집필 당시에 『어나더』는 단권 완결의 장편으로 생각하고 있었다.

적어도 1998년의 요미야마를 무대로 한 사카키바라 코이치와 미사키 메이의 이야기는 이것으로 끝이었을 터였다. 그런데 잡지 연재가 끝나고 단행본으로 나온 뒤에 뜻밖에 다양한 미디어믹스가 전개되어가는 것을 보면서 서서히 생각이 바뀌기 시작했다. 우선 1998년이라는 이 해의, 열다섯 살의 미사키 메이를 조금 더 써보고 싶다는 식으로.

거기서 떠오른 것이 여름방학의 반 합숙이 있기 전에 메이가 요미야마를 벗어나서 가족과 함께 해변의 별장으로 간 '일주일간의 공백'이었다. 사실은 이 기간에 그녀가 코이치가 모르는 어떤 사건에 관계하고 있었다, 라는 이야기를 쓸 수 있지 않을까.

이런저런 생각을 하는 동안에 그 가능성이 보이기 시작했다. 타이틀이 우선 정해졌다. '어나더 에피소드 S'.

'에피소드 S'의 S는 'summer(여름)'의 S이며, 'seaside(해변)'의 S이고, 'secret(비밀)'의 S에, 화자인 'Sakaki(또 한 명의 사카키)'의 S이고…… 하나 더 말하자면 'sitai(시체)'의 S나 'shinkirou(신기루)'의 S이기도 하다.

따라서 당초에 이 작품은 『어나더』의 '외전' '스핀아웃' 같은 위치였지만, 주인공이 미사키 메이인 시점에서 이미 스핀아웃이 아니라는 기분이 들기 시작했다. 거기에 더해서 이 '사건'의 전말을 메이가 사카키바라 코이치에게 이야기하는 '현재'는 『어나더』 본편의 마지막 장면보다도 나중인 1998년의 9월 말이다. 시간적으로 봐서 속편이라고 불러도 그리 틀린 말은 아닐 것이란 생각도 들었다.

요미야마키타 중학교 3학년 3반에 발생한 그 성가신 '현상'을 중심으로 하고 있으면서도, 이 작품은 『어나더』 본편과는 상당히 느낌이 다른 소설이다. 당황하는 독자도 있을지 모르겠지만, 완성한 지금 와서 보면 여기에 이러한 이야기가 배치되는 것은 필연이 아니었을까 하는 생각이 든다. 완성해놓고 보니 결국 어떤 의미에서 아주 아야츠지 유키토스러운 장편이 되었다는 기분도.

즐겁게 보아주시면 감사하겠습니다.

그건 그렇고 『어나더』에 대해서는 또 다른 속편 구상(망상?)이 몇 가지인가 있다.

언제 어떤 작품을 쓰게 될지는 확언할 수 없지만, 실현 시기에 대해서는 역시 독자 여러분의 요청 나름이 되리라 생각한다. 나머지는 나의 기력과 체력 문제일까. 어찌 되었든 한동안 충전기간을 갖고 망상을 부풀려가고 싶다.

잡지 『소설가게 sari-sari』의 지면에서 전 10회에 걸친 연재 중 담당 편집자인 카네코 아키코 씨에게는 매번 큰 신세를 졌다. 어쨌든 큰 감사를 전한다. 그리고 구상 단계에서 여러 가지 자극적인 제안을 해주신 이노우에 신이치로 씨에게도 감사를. 표지의 엔타 시호 씨와 장정을 맡아주신 스즈키 쿠미 씨는 물론이요, 미사와 아키코 씨, 이지치 카오리 씨, 나카무라 료 씨 외 신세를 진 가도카와쇼텐 출판사 관계자들께도 이 자리를 빌려서 감사의 말씀을 드립니다.

2013년 초여름

아야츠지 유키토

옮긴이 후기

이번 작품은 『어나더』의 속편이란 점도 있고 '또 다른 사카키'가 등장한다는 얘기에 솔깃했는데 어쩐지 한 방 먹은 느낌이었습니다. 주요 화자 중 한 명이 '유령'이라는 점도 그랬지만, 화자가 유령인데도 호러 요소보다는 미스터리 요소가 훨씬 강하다는 점도 그렇더군요. 여기저기에 복선들도 많이 숨어 있고 말이죠. 작가 후기에도 나왔지만 『어나더』와는 비슷한 듯하면서도 상당히 느낌이 다른 소설입니다.

저는 『어나더』에서 메이가 가족들과 요미야마 밖으로 여행 갈 예정이라고 했을 때에 그와 관련되어 뭔가 큰 사건이 터지는 것이 아닐까 하고 긴장했었던 기억이 납니다. 그런데 정말 아무 일도 없이 넘어가서 몹시 실망했었죠. 『어나더 에피소드 S』에서 그 일주일 동안의 공백을 잘 메워준 것 같아서 꽤 흡족합니다. 그리고 메이가 『어나더』에 이어 이번 『어나더 에피소드 S』에서도 곡괭이를 손에 들었다는 점이 조금 재미있었습니다. 게다가 이번에는 제대로 휘두른 것 같고 말이죠. 사실 곡괭이란 물건은 크기와 형태에서 느껴지는 위압감도 위압감이지만 무게중심 때문에 제대로 다루기가 은근히 힘들거든요. 그것을 가녀린 중학생 소녀가 휘둘러 벽을 쾅쾅 부수는 모습을 상상하면 참…… 대단하지 않습니까? 여러모로.

『어나더 에피소드 S』 마지막 부분에 나온 편지 주소로 추정하기로는 아마도 '그 인물'의 성이 바뀐 듯하더군요. 주소지가 요미야마 시의 아카자와 가인 것으로 봐서는 아마도 전작인 『어나더』에 등장했던 (그리고 합숙 중 사망한) 아카자와 이즈미의 집에 양자로 들어간 것이 아닐까 추측됩니다. 만약 『어나더』를 잇는 새 작품이 나온다면 아카자와의 성을 이어받아서 주요 등장인물이 되지 않을까 하는 생각이 듭니다. 『어나더』에서 아카자와 이즈미는 비중이 얼마 되지 않았지만 애니메이션 〈어나더〉에서는 주요 인물로서 인상 깊은 모습을 보였던 터라 이런 전개도 가능하지 않을까 하는 예측을 조심스럽게 해봅니다.

일본에서 『어나더 에피소드 S』는 2013년 여름에 출간되었습니다. 한국에서는 1년 늦게 소개되는군요. 참고로 『어나더 2』는 2014년 가을부터 일본에서 연재될 예정이라는군요. 내년쯤에는 속편이 나오려나요? 후속권도 국내에 소개할 수 있기를 빌어봅니다.

현정수

지은이 | 아야츠지 유키토

1960년 일본 교토에서 태어났다. 교토 대학교 교육학부를 졸업하고, 같은 대학원 박사후기과정을 수료했다. 교토 대학교 미스터리 연구회에서 활동하던 1987년 『십각관의 살인』으로 추리 문단에 데뷔하여 신본격 미스터리의 기수로 주목받았다. 1992년에 『시계관의 살인』으로 제45회 일본 추리작가협회상을 받았다. 그 밖의 작품으로 『어나더』 『안구기담』 『기면관의 살인』 『미로관의 살인』 『수차관의 살인』 『진홍빛 속삭임』 『프릭스』 등이 있다.

옮긴이 | 현정수

일본 소설 번역가로 활동하고 있다. 옮긴 책으로는 아야츠지 유키토의 『어나더』를 비롯하여 우타노 쇼고의 『그리고 명탐정이 태어났다』 『해피엔드에 안녕을』, 히가시가와 도쿠야의 『수수께끼 풀이는 저녁식사 후에』, 미쓰다 신조의 『일곱 명의 술래잡기』 등이 있다. 순문학에서 라이트 노벨에 이르기까지 장르를 넘나들며 번역에 매진하고 있다.

어나더 에피소드 S

1판 1쇄 발행 | 2014년 6월 16일
1판 4쇄 발행 | 2017년 7월 10일

지은이 아야츠지 유키토
옮긴이 현정수
펴낸이 김기옥

사업3팀 최한중
영업 박진모
경영지원 고광현, 김형식, 임민진, 김주현

인쇄 · 제본 (주)민언프린텍

펴낸곳 한스미디어(한즈미디어(주))
주소 (04037) 서울시 마포구 양화로11길 13(서교동, 강원빌딩 5층)
전화 02-707-0337 | **팩스** 02-707-0198 | **홈페이지** www.hansmedia.com
출판신고번호 제 313-2003-227호 | **신고일자** 2003년 6월 25일

ISBN 978-89-5975-706-0 03830